JN317598

城のなかの人

星 新一

角川文庫
15427

目次

城のなかの人

太　閤

お拾《ひろ》いという幼名でなく、秀頼《ひでより》と呼ばれるようになったのは、かぞえどし四歳の暮からだった。そのころの住居は伏見城《ふしみじょう》の西の丸。

秀頼のうまれたのは大坂城の二の丸。二歳の夏、生母の淀君《よどぎみ》とともに、伏見城へと移ってきた。そして五歳になると、さらに、ほど遠くない京の屋敷へと移ることになるのだが、幼児にとって、それはべつに意味のないことといえた。

しかし、秀頼のまわりには、つねに美があった。ふすまは金色に輝き、それには濃い色彩で花や鳥や風景などが描かれている。欄間《らんま》には彫刻がなされ、やはりあざやかな色彩がほどこされている。天井もまた同様だった。手のこんだ抽象的な模様が小さな四角のなかに美しくまとめられ、それが数えきれないほど集って、上部の空間をはなやかに構成しているのだった。すべてが新しかった。

建物の金具には惜しげもなく黄金が使われていて、歩くにつれて日光を反射し、あちこちできらきらと光る。太陽の一部をとらえて細かく砕き、それをまきちらしたようにも見えた。

夜、それらは燭《しょく》の光を反映する。炎がゆれるたびに、黄金たちはそれにこたえ、息づくように微妙にきらめく。夜空の星よりはるかに好ましかった。

秀頼のそばのさまざまな品も、こまかな神経で仕上げられたものばかりだった。食事のためのおぜん、身のまわり品を入れる箱。それらは黒や赤のつややかなうるし塗りであり、その上に金や銀や貝殻で調和のとれた絵が描かれている。多くは四季の草花だった。

ふすまの絵の雄大さとは逆に、いかなる微細な点もゆるがせにしていない完成度があった。それらもまた、昼は昼の、夜は夜の美しさを発散する。特にすばらしいのは夕暮れ、日がかげり、だが燭をともすにはまだ早いというわずかな瞬間だった。たそがれのなかで美の精たちが、声のないささやきをかわしあっているように見える。

身につけるものは絹。なめらかであり、いたわるように肌を包んでくれる。布のたぐいには、ビロードとかゴブランとかサラサとか、異国から伝わってきたものもあった。

座敷には金の屏風《びょうぶ》があり、合戦の図の描かれているのもあった。緑の山を舞台に、さまざまな旗を持った武士たちを、たくさん描きこんである。それには血なまぐさい感じなど少しもなく、悲鳴や絶叫も発しなかった。南蛮船《なんばんせん》を描いた屏風もあった。マントだの丸い帽子だのを身につけた、異国の人たちの乗っている船。

秀頼の世話をするのは、美しい侍女たちだった。まだ、その容貌《ようぼう》に関心を持つ年齢ではない。美しいのは衣装だった。白や赤や青や緑。それらが音もなくゆれ動く。そのひとりに、秀頼は時どき言う。

「甘いものが食べたい」

　すると、金平糖《こんぺいとう》とかカステラとかが、ギヤマンの皿にのせられて運ばれてくる。それらは非常に高価な菓子なのだが、秀頼はなにも知らない。味覚よりもむしろ、彼女たちの衣装の動き、ギヤマンのふしぎな透明さ、それらのほうに興味があった。

「音が聞きたい」

　と秀頼が言うこともある。南蛮製のオルガンが運ばれてきて、のんびりとやわらかな音を聞かせてくれる。オルゴルという自鳴琴《じめいきん》が、澄んだ音色を響かせることもある。

　秀頼はうまれてからずっと、それらのなかで育った。美と豪華と絢爛《けんらん》とが高い密度でまわりをとりまいていた。といっても、それらと逆なもの、たとえば、みにくさとかうすぎたなさをまるで知らなければ、当人にとっては美は無意味、無価値な存在といえよう。

　しかし、秀頼は周囲の美を意識していた。なぜなら、ただひとつではあったが、美と逆のものが存在していたからだった。それはひとりの老人であり、予告もなしに出現し、あたりの静かさと調和とをかき乱す。しかも、その場合いつも、秀頼は自分の位置が中心からはずれるのを感じ、不快な気分になるのだった。

　まわりの女たちは、その老人のことを、うやうやしくこう呼んだ。

「太閤《たいこう》さま……」

秀頼は太閤のひざにだかれ、頭をなでられ、ほほをすりよせられ、時には口を吸われた。太閤の手はつやがなく乾いていた。その顔の皮膚はしわだらけで、しみが点々とちらばっていた。歯は何本か抜けている。

太閤が帰ったあと、秀頼はまわりを見まわし、自分が美のなかにいるのをあらためて感じる。老醜のなんたるかを知る年齢ではなかったが、あのようにはなりたくないなと、理屈もなく思うのだった。

五歳になると秀頼は太閤にともなわれて宮中に参内《さんだい》し、元服し、従四位下左近衛少将《じゅしいげさこんえのしょうしょう》に任官した。さらにつづいて、左近衛中将となった。しかし、秀頼にはそれがなんのことなのか、少しも理解できなかった。遊びの一種としか思えなかった。

秀頼は依然として大部分の時間を、きらびやかな静かさのなかですごしていた。太閤とかいう老人があらわれ、それの乱されることがなければ……。

いつのころからか、秀頼は自分を見る太閤の目にふしぎさを感じた。視線が自分にむけられると同時に、太閤の目つきが一変する。

きわめて単純とも形容でき、複雑さを秘めているようにも思える。だが年少の秀頼には、それがどんな意味のものかわかるわけがなかった。

六歳になった春、醍醐《だいご》という地で大がかりな花見がもよおされた。秀頼は太閤とともに輿《こし》に乗り、それに出かけた。太閤の妻妾《さいしょう》たち、各大名、家臣、侍女たちでにぎわっていた。

紅白の幕、金銀のうつわ、高価な料理や酒。みわたす限り咲き誇っている満開の桜の花、楽しげな話し声と音曲。

秀頼にとっては興奮の一日だった。しかし、刺激が強すぎ多すぎたので、そのため、かえってなにも記憶に残らなかった。あとになって思い出せるのは、雲ひとつなく晴れあがっていた青空だけだといえた。あまりにもみごとに晴れていてそれは、むなしさのひろがりを連想させた。

その年の六月、伏見城において太閤は秀頼をそばにすわらせ、側近の大名たちを引見した。太閤はそれぞれに自分で菓子を与え、そのあと声をつまらせながら言った。

「ああ、せめてあと十年の寿命がほしい。成長した秀頼に天下をゆずる儀式を、この世の見おさめにできれば、なにも思い残すことがないのだが……」

もともと小柄な太閤のからだは、病気のせいかやせ細り、皮膚は乾ききっていた。涙となって流れ出る水分、それがまだ体内に残っているのが、ふしぎなほどだった。それとともに、列席の大名たちも涙ぐんだ意味のない声をあげ、ある者はからだをふるわせさえした。

ただひとりの例外は秀頼だった。天下というものがなんであるかを知っていない。時たま耳にする言葉であり、そのたびになんのことかと聞き、説明はされるのだが、実感としても理屈としても、まだ理解できないのだった。また、秀頼は死のなんたるかさえも知っていない。いま、この場で涙を流すべきなのだろうとは思うのだが、それができない。そんな自分がいらだたしかった。

秀頼に残された太閤の印象は、老醜であり、だらしないほどの愛情であり、執着であり、病気であり、あわれな涙だけだった。勇壮とか、いさぎよさとか、豪放さとか、そのたぐいはまるで残されなかった。しかし、いつも秀頼を見つめたあの目つきだけは、忘れようもなく心に焼きつけられて残った。どう形容していいのかわからないまま……。

秀　次

六歳の秋ごろから、秀頼はなぜか悪夢にうなされるようになった。

人の首がいくつもいくつも、上のほうから落ちてくる。大粒の雹《ひょう》のように、いや雹なんかよりはるかに大きく、ゆっくり音もなく落ちてくる。逃げようとしても、足が動かない。目をそむけようとしても、だめなのだ。横をむいたとしても、その方向でもやはり同じように首が降っている。

そして、暗い上方から降りてくる首は、どれもこれも秀頼のほうに顔をむけているのだった。秀頼を見つめながら首だけが数かぎりなく落ちてくる。恐怖で秀頼は思わず声をあげる。

「あああ、だれか……」

寝室のそばに控えている侍女が、近よって抱きおこして言う。

「どうなさいました」

「ああ……」

目をあけ、秀頼はほっと息をつく。いつもと変らぬ寝所のなか。燭台の上で大きなロウソクが輝いており、緑の松を描いた金色のふすまに光が静かにたわむれている。いまわしさに関連したものは、なにもない。具体的な悪夢のなごりは、肌に残る冷汗だけ。秀頼は言う。

「また、いやな夢を見た……」

「またでございますか。このところつづけて、お眠りになりながら、突然お声をおあげになります。さぞ、お困りでございましょう。でも、どうしたらよろしいのやら……」

その三十歳ぐらいの侍女は、なんの手助けもできぬことをわび、当惑した。

「おまえのせいではないよ。しかし眠るのがこわい。朝まで、起きていよう」

「いったい、どのような夢なのでございますか。お話しになれば気もまぎれましょう」

「話したくない」

思い出すのもいやだといった表情で秀頼は首をふった。しかし侍女は言う。

「お話し下さったほうがよろしいかと存じます。そうなされば、わたくしのほうへ夢が移るかもしれません。きっと、そうなります。いやな夢はそれで消えましょう」

「そういうものか。じつはね、人の首の夢なのだ。たくさんの首が降ってくる」

それを聞いたとたん、侍女は青ざめ、身ぶるいしながら思わず口走った。

「あ、やはり。たたりでございます。あすになったら、さっそく悪霊退散のための祈禱《きとう》をするよう、手配いたさせましょう」

「なんのたたりなのか、悪霊とは……」

と秀頼が聞いたが、侍女は答えようとしなかった。しかし、どうしても答えないのなら、太閤さまに言いつけ、処分してもらうとおどかされ、侍女はやむをえず話した。

「若君さまにお知らせしてはいけないことになっているのですが、その首とは、秀次《ひでつぐ》さまとその一族のかたのものでございましょう」

「秀次とは、だれのことなのか」

「以前より太閤さまのご養子となっており、あとつぎときまっていたかたでございます。しかし、若君さまのご誕生以来、おこないが乱れ、太閤さまのお怒りを受け、ご自身はご切腹、その一族の三十数人のかたは、三条河原《さんじょうがわら》でみな首をはねられました。三年前のことでございます……」

その事件のちょうど一年後、伏見一帯に大地震があり、二つを関連させ、だれもがおののいたものだと、侍女はつけ加えた。

「そのようなことがあったのか……」

秀頼は寝床に横になり、目をつぶった。しかし、眠ったのではなかった。自分の出生したことが原因となり、その秀次とかいう人の家族が殺されたということらしい。はじめて経験する衝撃だった。

そのつぎの日、僧が呼ばれ、ひそかに悪霊退散の祈禱がなされた。秀次のたたりがあらわれたといううわさなど外部にもらしてはならない。

その効果はなかった。例の悪夢は、秀頼から去ってくれなかった。寝所を移したり、おつきの者を中年の男に変えたりもしてみた。しかし、眠りにつくと、たくさんの首が降ってくるのだった。うらめしげに秀頼を見つめながら、首たちは静かに落下しつづける。その目つき。なにかに似ているような気もするのだが、いくら考えても思い当らなかった。

秀頼が悪夢にうなされはじめてからひと月ほどたったある日、側近の家臣が前へ来て、形をあらためて言った。

「悲しいお知らせを申しあげねばなりません。お父上の太閤さまが、おなくなりになりました」

「いつ……」

秀頼は聞き返しながら、太閤のことを思った。老醜と涙と、発作的な異常な愛情と、その時の忘れえぬ視線。それだけが頭に浮かび、消えた。父としての実感のこみあげてくることはなかった。いったい、生活をともにした日が、どれくらいあっただろうか。ほとんど、ないといってよかった。

「ひと月ほど前、伏見城において……」

「なぜ、いままでだまっていたのか」

伏見城なら、この京からそう遠くはないはずだ。よそよそしさを感じた。その秀頼の質問に、答えがかえってきた。

「それはでございます。すぐに公表いたしますと、高麗《こうらい》に出陣している将兵の士気に影響いたします。そのため、みながぶじに引きあげるまで、内密にされていたのでございます」

「その戦いの話をしてくれ」

秀頼はその説明を聞いた。母である淀君と太閤とのあいだに、かつて鶴松《つるまつ》という男の子がうまれた。だが、三歳で死亡。太閤はその落胆と悲しみをまぎらすため、周囲の制止もきかず朝鮮半島へ出兵した。その勝利のなかでふたたび淀君が懐妊し、秀頼が出生した。そのあとも、太閤はなにかにとりつかれたごとく、戦いをつづけていた。戦局が変り敗色濃厚となったにもかかわらず……。

「やはりそうであったか。よくわかった」

自分に言いきかせるように、秀頼はうなずく。あの悪夢の首は、その戦いの敵味方の死者たちのものかもしれぬ。以前に侍女から聞いた、秀次の一族のともいえる。また、まだ、自分は知らされていないが、太閤はこれまでに多くの戦いをしてきたらしい。その死者たちのうらみは、太閤の死後、ここに集中する以外にないのだろうか。

わたしのせいではないのに。秀頼はその言葉を口のなかでかみしめた。だれかが、バクの形に作った木製の枕を持ってきてくれた。バクは夢を食う動物とかで、太閤も晩年にそれと同じのを使っていたという。しかし、それも悪夢を消してはくれなかった。

一方、秀頼の日常生活はさほど変らなかった。喪のため派手な音曲は許されなかったが、周囲は依然として豪華で、多くの黄金の飾りは輝きつづけ、食事の味はよく、甘いものも望みの時に食べることができた。

この上ない、いごこちのよさ。それと対照的な、精神的ないごこちの悪さ。この断層の大きさを、秀頼は持てあました。悪夢はいつまでつきまとうのだろう。当分は消えないのではなかろうか。宿命にたちむかう手段など、ありえないだろう。わたしの出生は、どうやら多くの人の不幸と結びついているようだ。おぼろげながらだが、それに気づいた。

太閤の辞世の和歌を知らされた。

露とおち露と消えにしわが身かな
なにはのことも夢のまた夢

くりかえしたずね、秀頼はその意味を知り、そして思った。露であれば、あとになにも残さない。生に別れる太閤にとっては、すべてを夢といえるかもしれない。しかし、あとを生きる者にとっては、そうではないのだ。太閤の残した夢にしばられて生きなければならないのではなかろうか。それからのがれることはできないのだ。

城

としがあけ、秀頼はかぞえどし七歳となった。その正月そうそう、家臣から大坂城へお移り下さいとの話を聞かされた。

「なぜ……」

「太閤さまのご遺言でございます……」

そして、十五歳に成人なさるまで、その城からお出にならぬようにとの遺言であることもつけ加えた。秀頼は言う。

「どのようなお城なのか」

「この世に二つとない、みごとな城でございます」

「では、すぐに移ろう」

場所が変れば悪夢からのがれられるのではないかと、秀頼は思った。準備がととのい、母の淀君とともに舟に乗り、川を下る。寒い季節ではあったが、あまり気にならなかった。両岸の風景が珍しかった。

「お城はまだ見えないか」

時どき、その言葉をくりかえすのだった。やがて、舟が曲った川筋を過ぎると、それが見えてきた。秀頼は思わず息をのんだ。平地の一点において地中の宝がそこに噴出しかけているのかとも思えた。また、だれかが太陽とか月とか星とか虹《にじ》とか、空の美しいものを凝集して、そこに置いたようにも思えた。

「おかぜをおひきになります。舟のなかにおはいり下さいませ」

だれかが言った。秀頼はそれに従ったが、障子に少しすきまを作ってもらい、城を見つめるのをやめなかった。すみきった冬の空気のなか、近づくにつれ、城はその全貌《ぜんぼう》を誇らしげに示しはじめた。

まず目をとらえてはなさないのは、何層もの屋根を重ねてそそり立つ天守閣だった。その屋根にはいずれも、あざやかな青や金の飾りがふんだんに使われ、白い壁の部分はよごれのない雪ともいえ、色彩の効果を一段と高めていた。

天守閣の上では大きな金の鯱《しゃち》が尾を高くあげていた。その何層か下には黒いうるし塗りの壁があり、舞う鶴と伏せた虎の絵が金銀であざやかに描かれていた。

いままで住んでいた京の屋敷が、どんなに小さなものだったか思い知らされた。伏見城のみごとさに感嘆したこともあったが、舟が川を下るにつれ、その思い出もうしろへ過去へと、急速に薄れつつあった。いや、舟が川を下っているのではなく、大坂城が秀頼を引き寄せているのだともいえた。

城をかこむ石垣もはっきりと見えてきた。石はみがかれて黒っぽく光っていた。そして、どの石も巨大だった。あのような石を運ぶ力が世に存在するなど、信じられぬ思いだった。秀頼は言う。

「大きな石だね」

「そとからではわかりませんが、石垣の石はすべて太い鉄の棒で、くしざしのごとくにつながっております。また、石と石との間には鉛がとかしこんであります。たとえ大地が裂けようとも、あの石垣の崩れることだけは絶対にございません」

「それで、あのお城はだれが作ったのか」

「なんということをおたずねになるのでございます。いうまでもなく、太閤さまのお作りになられたものでございます。ほかのだれに、あのようなものが作れましょう」

「そうなのか……」

秀頼の口調は混乱した。自分の心のなかに形成されている太閤への印象。それとあの城とが、どうしても重ならない。どちらが現実なのだろう。辞世にあった「なにはのことも夢のまた夢」というのは、あの城のことなのだろうか。わたしにとっては、あの城こそ現実で、太閤の存在のほうこそ夢のように思えてならないのだが。

「あれが、そなたのうまれた城ですよ」

と淀君が言った。だが、秀頼は依然として城を見つめたままだった。城は秀頼の目をひきつけてはなさなかった。川の両岸では、各大名が警備の分担をきめ、武士たちを並べていたが、まったく目に入らなかった。

城は遠くから見て美しく、近づけばさらに美しかった。ところどころに樹木があり、それは人工の極致を一段とひきたたせる役割をはたしていた。

やがて、舟は城のそばの岸についた。そこには警護の武士と輿《こし》とが待っていた。先の輿には秀頼が、つぎのには淀君が乗る。輿は進み、城をめぐる堀へとさしかかった。秀頼は輿のそばの者に言う。

「歩いて城へ入りたいのだが……」

「かしこまりました」

輿はとめられ、秀頼はおり、堀にかけられた橋を渡りながらつぶやく。

「これが堀か……」

大きな川としか思えなかった。しかし、川でない証拠に、水は流れていなかった。さざ波だけが静かな水面にあった。城の側の石垣は高くそそり立ち、その上には白塗りの壁、金の飾りをつけた瓦屋根《かわらやね》、それがはるかかなたまでつづいていた。ところどころに、天守閣を小型にしたような部分が作られてある。この水面から底までは、おとなの身長の五倍はありましょう、とだれかが教えてくれた。

橋のなかほどに来た時、そばの者が言う。

「お疲れでございましょう。少しお休みになりませんか」

そのような心づかいを必要とするほど、堀のはばは広かった。秀頼は疲れなど感じていなかったが、少し足をとめ、右や左をながめた。うしろをふりかえると、堀にそって樹木が植えられ、そのむこうにはだれが住むのか、立派な屋敷が並んでいた。

秀頼はまた歩きはじめ、橋を渡り終り、門にさしかかった。なめらかな曲線の屋根を持つ、赤くぬられた門だった。鉄製の扉は開かれていた。曲線、赤、鉄、それらは異質でありながら、魅力的な調和を示していた。

そこへ一歩ふみこんだとたん、どこかでなにかが、きらりと光った。と同時に、秀頼の心のなかに変化が起こった。一種の快感が、からだのなかを通りすぎていった。大きくすばらしい、なにものかに抱きかかえられたような気分。二度とそとへ出たくない思いがした。入るべきところへたどりついたという安心感。ほっと息をつき、秀頼はよろめいた。

「お疲れでございましょう。お輿へ……」

うながされ、秀頼は乗った。庭があり建物があり、小さな石垣や小さな門があり、家があり、また庭があった。各所に警備の武士たちが控えていた。どれほどの広さなのか、秀頼には想像もつかなかった。やっと、ひとつの建物の玄関につく。柱も床も壁もふすまも、すべて新しい。京の屋敷にくらべ一回りも二回りも大きかった。部屋かずもまた多い。その奥の一室に案内される。

その夜、秀頼はこころよい疲れを感じた。ぐっすりと眠れた。悪夢もこの城には入れないのか、とりつくべき相手を悪夢がべつにみつけたのか、あるいは、この城そのものがさらに強大な悪夢なのか、そこまではわからなかった。いずれにせよ、秀頼はそのやすらぎに心から満足した。

翌日、広間において秀頼は多くの大名たちからあいさつを受けた。ひとりずつ名を告げられはしたのだが、あまりに人数が多く、結局ひとりの名もおぼえられなかった。

例の悪夢は二度とあらわれることなく、いごこちはよかった。秀頼の心のなかの唯一のわだかまりは、太閤の印象とこの城の感じとが、どうしてもうまく重ならないという点だった。

この城こそ太閤であり、自分の父なのだと考えるように努めてもみた。しかし、それにもなにかずれがあった。この城は城で、べつなひとつの人格を持っているように思えた。ほうぼうの金や銀の飾りが、きらりと微妙に光るたびに、秀頼は自分をみつめる城の視線のようなものを感じるのだった。

大坂城へ移った秀頼の七歳の春は、平穏そのものだった。母の淀君とは、いつでも会うことができた。太閤なる人物とはもう会わなくてすむのだということを、心のすみで喜びさえした。そんな感情がいけないことだとは知りつつも。

淀君は三十三歳、派手で大柄な着物のよくにあう女性。名門の出で世間しらずだったが、そのかわり、わざとらしくない優雅さが身についていた。城内の桜がいっせいに咲いたある日、それをながめながら、淀君は秀頼に言った。

「昨年の醍醐の花見は、大変なにぎやかさでしたね。思い出されます」

しかし、秀頼のその記憶はぼやけていた。いまのほうがいいと思う。静かであり大坂城というすばらしい背景がある。城は花をさらに美しく仕上げ、花は城の壮麗さをひきたたせる。花が散り終え、新緑の季節となると、城はまたちがった景観を呈するのだった。このころの秀頼にとって、唯一の苦痛は勉強であるといえた。いろいろな人がやってきて、書物を読みきかせ、字を書かせ、和歌をおぼえさせ、毎日かなりの時間、なにかしらやらされていた。

秀頼は宮内卿《くないきよう》の局《つぼね》に言った。三十歳ぐらいの女性で、ずっと以前から秀頼のせわをしており、いまでは秀頼のそばづかえの者たちの総監督ともいうべき地位にある。

「なぜ、このようなことを習わねばならないのか」

「ご母堂さまのご指示だからでございます」

となると、秀頼は淀君にむかって、その質問をこころみなければならなかった。その答えはこうだった。

「そなたがやがて太閤さまのあとをつぎ、天下をおさめなければならぬ人だからです」

「天子さまをおたすけし、世のまつりごとをとりおこなうことです。関白という地位につくことです。それにふさわしいたしなみと、学問と礼儀とを身につけておかなくてはなりません。豊臣という姓は、それを示し約束しているものなのです」

淀君は秀頼を、公卿《くげ》の最高位の人物とすべく教育しようとしていた。それも当然のことといえた。秀頼はまた混乱した。太閤の印象、このお城、そのずれを内心で持てあましていたが、その二つはいずれも具体的で、まだ考えやすかった。そこへさらに、関白という抽象的なものが加わってきたのだ。

秀頼としては、やがて武将の上に立つのが役目ではないかと、おぼろげながら考えかけていた。それには強さを身につける必要もあるのではなかろうか。その疑問を口にした。

「わたしも、ほかの大名の男の子のように、剣や弓や馬を習ってみたい。いつか遠くから見ていて、面白そうでした」

「そんなものを習う必要などありません。関白となる人には、必要のないことです」

「でも、もし戦いがはじまったら……」

「いくさなど、おこるわけがありません。太閤さまがそれを終らせたのです。戦いは、もう二度とおこりません」

「しかし……」

なっとくしかねる表情の秀頼を見て、淀君は侍女を呼び、箱を持ってこさせた。チョウの模様をちりばめた、きれいな箱だった。いったい、なにが秘められているのだろう。身を乗り出す秀頼の前で、淀君はふたをあけた。なかから何枚もの書きつけが出てきた。

「これをごらんなさい。全国の大名がひとり残らず、神に誓って太閤さまにさし出した文書です。秀頼さまに対して決してそむきませぬ、としるしてあるのです。これでおわかりでしょう。ですから、いくさのことなど考えなくていいのです」

秀頼はそれを見せられた。読めない字が多かったが、なにか気になる部分があった。署名の下の、どす黒い色をしたしみのようなもの。墨の色とはあきらかにちがっていた。

「これはなんでしょうか」

「血判というものです。指に傷をつけ、血をそこにしたたらせたものです。命にかけてもという誓いのしるしです」

血のあとと知って、秀頼は恐ろしい気がした。平穏への約束や誓いにそぐわないものと感じとった。

「しかし、いつか、だれかが約束を破り、戦いをはじめるということも、ないとはいえないと思いますが……」

「困りましたね。大丈夫ですよ。かならず、なにもかもうまくいきます。かりに万一のことがあれば……」

淀君の表情には一瞬、うっとりとした、なにかを回想するものが走った。秀頼は聞く。

「どうするのですか」

「燃えあがる城の炎のなかで死ぬのです」

淀君はこれまでに二回それを見ている。七歳の時、父を炎のなかに包みこんで燃える小《お》谷《だに》城を見た。十七歳の時には、母と義父とを炎のなかに包んで燃える北《きた》の庄《しょう》の城を見た。また、この目では見ていないが、伯父の信長は本能寺《ほんのうじ》の炎のなかで死んだという。燃える城のことを想像するたびに、強烈な恐怖と、快感めいたものと、若き日への追憶とのいりまじった感情が、淀君のからだのなかでうずくのだった。

「……人の死にかたとして、これ以上にいさぎよく、みごとなものはないでしょう」

「そうかもしれませんね」

秀頼は老醜にみちた太閤の印象を、ふと思い出しながらうなずいた。淀君は言う。

「しかし、もうそんなことはおこりません。なにもかもうまくゆきますよ」

城内の木々の緑が濃くなりかけたころ、ひとつのしらせがもたらされた。京の東山《ひがしやま》にある太閤の墓所、そこに神社が作られ、勅命によって豊国《とよくに》大明神と称するのを許されたとのことだった。淀君は秀頼に言った。

「わかりましたか。太閤さまは神として祭られることになったのです。これは前例のないことですよ。なにもかもうまくゆきます。そなたは、このことをよく考えなければいけません」

こうなると、秀頼にはもはや反抗の言葉もなかった。さまざまな勉強をつづけなければならなかった。

もっとも、たまには遊ぶこともできた。八月の三日、秀頼の誕生日には、城内にいる大名の、ほぼ同年輩の男の子たちが呼ばれ、菓子を食べ、みなと気ままに遊ぶことが許された。秀頼は楽しかった。すごろくなどにもあきたころ、だれからともなく、みなでお面をかぶって遊ぼうということになった。

お面が運ばれてきて、それをつける。ふすまや屏風《びょうぶ》のかげから首だけ出したり、南蛮製のマントをはおって着物をかくすと、だれがだれやらわからなくなってくる。秀頼がはじめて味わった、他人と同格になる楽しみだった。うれしさが心にみちあふれ、母上にもその気分を伝えたくなった。

にこやかに笑ってみなをながめている淀君の前へ行き、秀頼はお面とマントとをさっとはずした。その瞬間、淀君の目が微妙に変った。異様なほうに変ったのではなく、いつも秀頼を見る目つきへと変ったのだ。

ほんのかすかなことなのだが、秀頼にとっては、心にどこかひっかかるものがあった。太閤から受けた視線のことを、ふと連想した。なにかありそうだな。それが重大なものを開く鍵《かぎ》のように思えてならなかった。自分の立場を知る手がかりのように思えた。

ひまがあると、そのことを考えてみる。もう少しで理解できそうなところまで行くこともあるのだが、すっきりとした答えは、なかなかえられなかった。淀君に聞こうにも、どう言ったものか、その言葉に迷うのだ。

三　成

秀頼は八歳になった。あい変らず淀君の指示で、さまざまな勉強をつづけさせられている。しかし、最初のうちのような苦痛は薄れていた。多くの文字が読めるようになること、書く字が上手になること、和歌の意味がわかりかけてくること。それらはおとなの世界に一歩ずつ近づくような気分で、誇らしさを味わえた。

新しい指導係も加わった。言葉づかいとか礼儀作法などを教える人だ。なかなかきびしかった。秀頼は母に抗議しようかとも思ったが、それはやめた。どうせ、前と同じ答えがかえってくるはずだ。関白になるのに必要なことですと。関白とはどんなものなのか、見当もつかないのだが。

勉強をつづける秀頼としては、おぼえたての知識を他人にしゃべりたくなるのも当然だった。しかし、宮内卿の局は、そのたびに注意をした。

「学問には、できるだけおはげみにならなくてはいけません。しかし、それをひけらかすのもよろしくございません。他の者の尊敬を受けられなくなります。できるだけ多くのものを内に秘め、一方、口かずは少なく、軽々しい判断をなさらない。そのご修行が、気品というものを作りあげるのでございます」

宮内卿は美しい女性で、話す口調も理知的だった。秀頼にとっては、ものごころつく前からそばにいる人であり、好ましい信頼感を抱いている。宮内卿の言葉には秀頼をなっとくさせるものがあり、そういうものかなあと、従う気分にさせられるのだった。

その年は前年にくらべ、大坂城内はいくらかさわがしかった。馬の足音、車の音、人の声。しかし、奥まった秀頼の部屋までは、そう強く伝わってこない。夏を告げるセミの鳴声のほうが、はるかにうるさかった。しかし、セミが鳴きやむ夜ともなると、人馬の移動するけはいが感じられた。理由はわからないが、なにかものものしく、不吉な響きがこもっているようであった。

夏の盛りのころ、城内の御殿の広間において、秀頼は徳川家康のあいさつを受けた。家康は恩着せがましい感じを示して言った。

「東北のほうで、上杉景勝《かげかつ》という者が天下を乱そうとしております。それを討ちに出陣してまいります」

秀頼は家康をながめた。ふとった福々しい中年すぎの人物だった。秀頼はその顔をみつめ、しばらくして言った。

「それはごくろうなことです」

家康はさらに、笑わせるようなことを言ったり、勇ましいことを言ってみたりした。相手の反応を知ろうとするかのように。

「みなと相談し、よろしきように」

秀頼はそれだけしか言わなかった。そばにつきそっていた宮内卿は、家康が退出したあと、秀頼に言った。

「おみごとな応対ぶりでございました。ご母堂さまにお伝えしておきます。きっと、ご満足なさいましょう」

家康が出陣してひと月ほどすると、予告もなしに石田三成《みつなり》が拝謁を願い出た。秀頼は会った。その四十歳ぐらいの色の白い男は、はっきりした口調でさかんに論じた。家康の行動を、ひとつひとつ例をあげて批難し、いまにして討たねば大変なことになると、どこかあせりぎみに、まじめに、長時間にわたって説明した。あまりに明瞭《めいりょう》すぎて、秀頼にはなんのことやらかえってわからなかった。頭のよさそうな人物だとの印象だけを受けた。

「家康めを討ってまいります」

と三成は恩着せがましい感じで結んだ。秀頼は静かに感情を押えた口調で言った。

「それはごくろうなことです。みなと相談し、よろしきように」

そばの宮内卿は、ひとりうなずいていた。

三成が拝謁して二か月ほどたって、三成側の軍と家康側の軍とが、関ヶ原において激しい戦いをおこない、家康側が勝利をおさめたとのしらせが、大坂城内にとどいた。秀頼は宮内卿にそっと聞いた。

「いったい、三成はなにをやったのか」

「太閤さまのまねをなさり、失敗に終ったというわけでございましょう……」

太閤は若くして信長につかえ、その特異な才能をみとめられて出世した。信長の死後、時をうつさず、その幼君のためという旗印をかかげて戦い、対立者を倒すのに成功した。

三成は才気をみとめられ、低い家柄ではあったが十歳の時に太閤に見いだされ、昇進をしながらずっと太閤のやりかたを見習ってきた。そのため影響を強く受け、自信も持ち、太閤の人生を自分でなぞってみたいとの思いにとりつかれたのでは……。

八歳の秀頼には、その宮内卿の解説はよくのみこめなかった。しかし、旗印という言葉だけは、ふと頭にひっかかった。いや、ひっかかったどころか、以前から心のなかでもたついていたことを、それはすっきり整理してくれた。

あの時、三成がしゃべりつづけながらわたしにむけていた目つき。それを思い出した。そうだ。あれは肉体を持った人間への視線でなく、旗印を見るそれだった。

もつれた糸がほどけかけてきた。秀頼は太閤のことを回想した。そういえば、あの目つきにもそれと共通したものがあった。自己の築きあげたもののすべて。それを後世に存続させるための旗印。その思いでわたしを見ていたのだろう。わが子に対する愛情の視線だけでなく……。

母がわたしを見る目にもそれがある。いつかお面をかぶって遊び、母の前でそれをはずした時、そこに微妙な変化があった。母上の人生におけるひとつの旗印として、わたしが存在する。そうわたしは見られているのだ。

あの悪夢にあらわれた首の顔にも、そんなところがあったな。うらむべき目標としての旗印。それをにらむ目つきだった。

一方、まだものごころのつかない幼い者が秀頼を見る目つき。城内に出入りする商人たちの秀頼を見る目つき。頭を下げる動作などいかにうやうやしくても、決して旗印をながめるそれではない。その人たちにとって秀頼は唯一の人生のよりどころではないのだ。その差異を秀頼は知りはじめた。

関ケ原の戦いが終ってまもなく、ふたたび家康は大坂城へやってきて、秀頼の前でとくいげに報告した。

「世を乱す者たちを、ことごとく討ちはたしました。ご安心くださいますよう……」

そして、合戦のありさまを話し、自己の実力を言葉のはしばしにちらつかせた。しかし、秀頼は聞き終り、ひとこと言った。

「それはごくろうなことでした」

「石田三成はじめ、元凶たちを捕えてあります。いかがいたしましょうか」

それを聞きながら、秀頼は三成の目つきを思い出していた。わたしを勝手に旗印としてながめ、才気のおもむくまま、なにやら好きなように動き戦い、そして敗れたらしい人物のことを。

「みなと相談し、よろしきように」

秀頼は表情を変えることなく、気品のある口調で言った。家康はなにかとまどったような顔つきをしていた。秀頼に大きな動揺を期待していたのに、それがえられない。そんないらだちみたいなものが感じられた。

家康はなにか言い、ひとりで笑った。しかし、秀頼はそれにつりこまれることなく、家康を見ながら考えていた。この男の目つきにも、三成の視線に共通したなにかが感じられる。どのような目的の旗印として、わたしを利用しようと思っているのだろうか。

家康の去っていったあと、例によって、宮内卿は秀頼の応対のみごとさをほめた。関白とはこのようなことなのだろうか。秀頼はそんなふうに考えてみるのだった。

千姫

八歳九歳と、年月の流れは秀頼をやさしくなでながら過ぎていった。いかなる四季の変化のなかでも、城の姿は好ましかった。梅雨のころも、雷鳴の夜も、それなりに美しかった。関ヶ原での合戦のすさまじく悲惨な物語も、時どき秀頼の耳に伝わってきた。しかし、それはあくまで物語でしかなかった。

秀頼にとっては城のなかだけが現実であり、そこはおだやかさにみちた世界だった。学問をし、茶の湯の作法を習い、あるいは能を見物し、城内の庭を散歩する。庭は各所にあり、いずれも広く、丘や林もあり、いつもよく手入れがなされていた。

時どき大名が来て、秀頼にあいさつをした。簡単な応答をすればよかった。なかにはいろいろと話しかけてくる者もあったが、秀頼は喜怒哀楽を示すことなく、あたりさわりのない言葉を少しだけ口にした。

十一歳になった二月、母の淀君が秀頼の部屋に来て、きげんの悪そうな口で言った。

「家康殿が征夷大将軍《せいいたいしょうぐん》になられたそうです。思いあがったふるまいのように思えてなりません」

「それはどういう役目なのです」

「幕府をひらき、すべての武家を統率することの許される地位だそうです」

「でも、世の中は武家ばかりで成り立っているのではないでしょう。武家はその一部にすぎません。ですから、戦いをなくすため、そのような役があってもいいのではないでしょうか」

「そう言ってくれる人もあります。しかし、これは豊臣家のためにならぬことだとの声もあります。わたくしにはよくわかりません。しかし、そのような声があるということは、心配のたねなのです。関ヶ原のいくさに勝って以来、家康殿の威勢は相当なものだとの評判です」

淀君は顔をしかめた。そう言われてみると、秀頼にも、これからの順調がなにによって保証されるのか、見当もつかなかった。いつか見た何枚もの誓紙《せいし》のことを思ってみた。戦いをしない約束のはずなのに、関ヶ原では大変なことがあったらしい。しかし、そのごは平穏そのものだ。してみると、合戦の話は大げさに作りあげられたもので、ちょっとした例外だったのだろう。

保証ということについて秀頼は考えてみたが、どうにも発展させようがなかった。信じられる保証となると、この城にまさるものはないのではないか。それが理屈を越えた実感であり、ほかにはなにも頭にうかばなかった。

しかし、それから数日たつと、こんどは淀君が明るい表情で秀頼に言った。

「そなたの婚礼のことがきまりました。七月におこなわれます。千姫《せんひめ》です。家康殿の孫、わたしには姪《めい》にも当たるおなごです。これは安心していいことです。なにもかも、すべてうまくゆくでしょう」

婚礼なるものの知識は持っていたが十一歳の秀頼には、それをどう自分に当てはめて考えればいいのか、すぐにはわからなかった。

「それが安心のささえになるのですか」

「戦いの世では、縁組みなどたいしたささえにはなりません。そのことは二回の落城で、わたくしもよく知っています。しかし、戦いのない世の中になれば、大きな意味を持ちはじめるはずです」

「そういうものでしょうか」

秀頼としては、そう答える以外になかった。

しかし、淀君の言葉を裏付けるかのように、三月になると宮廷から勅使がみえ、秀頼が正二位権大納言《しょうにいごんだいなごん》にのぼったことを告げた。さらにその翌月には、内大臣《ないだいじん》への昇進のことがもたらされた。

勅使を迎えるたびに、秀頼はうやうやしくあいさつをした。そのあと、どのような役職なのかわからない多くの公卿《くげ》たちから、あいさつを受ける。昇進のたびに、儀礼をつくしにくる公卿たちの数はふえた。関白なる目標へ順調に進んでいることは、たしかなように思えた。それらの儀礼は、内容のないものだったが、様式の美は完全だった。秀頼はそつなくこなし、淀君は心から喜ぶのだった。

そして、七月の婚儀の日が近づき、城内にははなやかな気分が高まってきた。そのなかにあって、秀頼は内心の不安を宮内卿の局にうちあけた。

「その千姫がこられたら、そのかたをわたしは、どうあつかえばいいのですか」

「ごいっしょに仲よくお遊びになればよろしいのです。このたびの式は、まあ一種のお祭りとお考えになるのがよろしいでしょう」

それを聞き、秀頼はいくらか落ち着いた。

当日、秀頼は城内の大広間に作られた席にすわり、待った。姿勢を崩さずにすわりつづけることには、なれていた。

淀川を下る千姫の舟が美しいとか、大名たちの警備がものものしいとか、舟から輿《こし》に移り、こちらにむかわれているとか。それらの報告は、秀頼のうしろに控えている淀君や家臣や侍女たちに伝えられた。しかし秀頼は、どんな相手があらわれるのか、ただそれだけを想像していた。

やがて、千姫があらわれた。まっ白な絹の着物をまとった七歳の少女。三十歳ぐらいの侍女に手を引かれ、何人かの家臣や侍女を従え、ゆっくり歩いてきた。そよ風の訪れのような感じがした。そして、さだめられた、席についた。

緊張したなかで、紹介がなされ、教えられていた通りの短いあいさつの言葉を秀頼が言い、千姫も言った。儀式としての、かための杯がかわされた。時間としては短いものだったが、秀頼にはいやに長く思えた。

それがひととおり終り、はりつめた空気をほぐしたのは、淀君のうれしげな声だった。千姫にむかい、母上はお元気かと、淀君は自分の妹のことをたずね、千姫はそれに答えた。あどけないが、はっきりした口調だった。

秀頼は千姫の顔をみつめた。細おもての、ととのった容貌《ようぼう》をしていた。色白でおっとりしているというのが第一印象だったが、それは育ちのよさのせいらしかった。予想していた以上に小柄だったが、それは千姫の七歳という年齢のせいかもしれなかった。これがあの征夷大将軍とかになった家康の孫で、豊臣、徳川両家を結ぶきずなとなるかたか……。

秀頼はなにげなくふりむき、楽しげな表情で千姫をながめている淀君の目を見て、あっと思った。あの視線。いつも自分にむけられている、なにかの旗印を見るようなそれに似ていた。

と同時に、秀頼は反省した。いま、わたしが千姫を見つめた視線。それもやはり同じだったのではないか。ひとりの人間としてでなく、その存在を、保証としての旗印としてながめてしまった。これはよくないことなのだ。なぜよくないことなのか。これまでわたし自身、そのたぐいの視線をまともに受けるたびに、こころよさを感じたことがなかったからだ。

その反省とともに、この少女がたまらなくいとおしくなった。仲よくしなければならない。話しかけなくては。秀頼は話題をさがそうとしてあせったが、なかなか思いつかなかった。しかし、口がしぜんに動き、言葉が出ていた。

「このお城、お気に召しましたか」

「はい、とても……」

千姫はにっこりした。心からの感嘆のひびきがこもっていた。その時、日ざしをさえぎっていた雲が動いたためか、ふいにあたりの明るさが強まり、広間のふすまや屏風《びょうぶ》や飾りの黄金が、いっせいにきらめいた。

北の政所

秀頼の十一歳の年の十一月。京にお住いの北《きた》の政所《まんどころ》さまが剃髪《ていはつ》して尼となられ、高台院《こうだいいん》と称することの勅許を受けた。どのような意味のことかわからず、秀頼は宮内卿に聞いた。

「北の政所さまとは、おばあさまのことか」

醍醐の花見の時に最もいい席についておられた。秀頼が大坂城に移ったのは七歳の正月であり、その年の九月に北の政所は大坂城から京に移ってゆかれた。そのあいだ、何回かあいさつに行ったり来たりしたものだ。貫録のある、きさくな老婦人、そんな印象だった。秀頼に対しては、いつもやさしく愛情をもって接してくれた。

「いいえ、あのかたは秀頼さまの正式のお母上、太閤さまの奥方なのでございます」

「母上なら、ここにおいでではないか」

「ご生母と、正式の母上とは、ちがうものでございます……」

宮内卿は理性的な口調で言った。かくしだてをしたり、へたにごまかしたりしないことが秀頼のためであるという、冷静な考え方の、持ち主のようだった。

太閤の若い時からの正妻、北の政所としては、うまれた秀頼をすぐそばへ引き取り、淀君は乳母《うば》としてその世話をさせる、それが最善の形と希望していたのではなかろうか。しかし、太閤はそれを察することなく、淀君は出生の血すじがよすぎ、また三成も家康もその実現を望まず、そのまま今日に及んでしまった。

北の政所も豊臣家の将来についてはそれなりにいろいろと心配していたにちがいない。しかし、家康の孫の千姫との婚儀が成立しひと安心なさった。これからは、太閤さまの霊をとむらうことに余生をささげるおつもりなのでしょう……。

宮内卿の説明は淡々としていた。声をひそめたり高めたり、さも重大事を内密に告げるといった話し方の好きな性格だったら、この内容は秀頼の心に衝撃を与えたかもしれない。しかし、静かな口調だった。そのため、秀頼はなにかの物語に接するような気分でそれを聞いた。

城のなかだけが現実、そとは別の世界。いっしょに暮している淀君こそ母上。その実感は少しもゆるがなかった。太閤も三成も、もはやこの世の人ではない。家康は城のそとへ去り、このところ会っていない。北の政所もまた同様。秀頼の思考をそのようにしてしまうところに、この城の魔力があるのかもしれなかった。

「高台院という名を朝廷から許されたとは、どういうことなのだろう……」

秀頼は妙な質問をした。そして、武家を取締る征夷大将軍のようなたぐいなのかと言った。宮内卿もこれには答えに窮した。

「そうお考えになってよろしいでしょう。なくなられたかたたちの霊をなぐさめる。その役目をおおせつかったのでございます」

「そういうことか。北の政所さまはいいかたであったな。長生きなされるといい。これからは高台院さまとお呼びするわけか。過去の追憶をなさりながら、今後ずっと毎日をおすごしになるだろうな。よくは知らないが、思い出をたくさんお持ちのかたのようだな。わたしの場合、としをとってから、どんな追憶にふけることになるのだろうか……」

十一歳の秀頼にとって、自分が老年になるなど、想像もできないことだった。しかし、あまりに平穏にすぎてゆくこの日々。それへの不満めいたものが、この言葉となっただけだった。将来大事件なるものにであうことがあるのだろうか。

翌年、秀頼十二歳の八月、京の東山の豊国大明神の臨時祭礼がはなばなしくおこなわれた。太閤死去七回忌の祭り。秀頼は代理として参列した者からその報告を聞いた。

熱狂的ともいえる大変なさわぎであったという。京の踊り子たちが百人ずつ五組にわかれ、それぞれ輪になってみごとさをきそった。明国《みんこく》人、高麗《こうらい》人、南蛮人もまざり、京の住民たちはほとんど集った感じだった。大名や武士たちは参加せず、それだけに、みな遠慮なしにさわげた。笛、太鼓、つづみの音。飲めや歌えの限りをつくし、だれも口々に太閤の徳をたたえていたという。

「わたしも見物したかったたな」

と言う秀頼に、相手は興奮の残りをかくさず言った。

「ごらんにいれたい光景でございました。しかし、太閤さまのご遺言で、秀頼さまは十五歳になられるまで、お城から出てはいけないことになっておりますので……」

「そうだったな」

その翌年、秀頼が十三歳になった四月、大坂城に勅使がみえ、右大臣《うだいじん》に昇進したことを告げた。秀頼はお礼を申しあげた。関白にさらに一歩ちかづいた。

これでいいのかと、秀頼はなにかしら不安を感じた。目標である関白も、この調子だと、遠からず達せそうだ。しかし、これまでに大納言とか、内大臣だとかを拝命してきたが、これといったことを現実にしていない。どういうしくみになっているのだろう。もっとゆっくり昇進したかった。そうすれば、いろいろと経験をつみながら、その上で考えることができたはずだ。秀頼は自分の幼なさをうらめしく思った。

関白とは大変な地位だと知らされている。こんなことでそれに昇進して、なにができるというのだろう。その想像と理解とができず、理解できぬため恐怖めいたものを感じた。

その数日後、現実の恐怖が秀頼の周囲に発生した。家康が征夷大将軍の地位を、子息の秀忠《ひでただ》にゆずったという。淀君はじめ、その周辺の家臣たちも、すべて怒りにみちた、青ざめた表情をしていた。その憤激は、あたりに恐怖の感情をまきちらした。

しかし、その渦のなかにいながら、秀頼にはその重大さがどう考えても理解できず、理解できないため、かえってぶきみだった。秀忠といえば、妻の千姫の父ではないか。なぜ、それがさわぎのもととなるのだろう。宮内卿に聞いたが、淀君に口どめされているためか、この件についてのはっきりした説明はしてくれなかった。

秀頼のまわりのその異様な空気は、さらに一段と強烈なものになった。高台院の使者が城へやってきて、秀頼が伏見城へ行き、秀忠にあいさつするようにと伝えたためだった。

その使者には淀君が会い、すじちがいですと拒否をした。宮中へなら参内しますが、秀忠殿へ礼をつくすのはおかしいでしょうと。

秀頼はそのことを聞き、十五歳になるまでわたしを城から出すなとの太閤の遺言を忘れている者があり、そのためのさわぎではないのかと思った。しかし、事態はそんななまやさしいことではないようだった。淀君は秀頼の部屋へ来てこう言った。

「使者を追い返しました。むりにでも来いというのでしたら、わたくしは城に火をかけ、そなたとともに炎のなかで死ぬつもりですと言ってやりました」

興奮でこわばった口調だったが、燃える城のなかでの死を語る時、一瞬あこがれに似た表情が、淀君の顔に浮かんだ。

秀頼の頭は混乱した。秀忠の妻は淀君の妹であり、秀忠は千姫の父。使者をよこしたのは、あの北の政所の高台院。そのような間柄のなかで、なぜこのような異常さが発生するのか。自分なりの図式が、うまくあてはまらないのだった。

城のそとの世界には、なにか恐ろしい魔力がひろがっているにちがいない。そうとでも考える以外になかったし、それが実感でもあった。その魔力を知るよう努力しなければならないのだろうな。そう秀頼は思った。魔力は城の内部のほうにあるかもしれないなどとは、頭に浮かぶわけがなかった。

家康

秀忠にあいさつに出むけとの使者を淀君が追い返した。ただならぬ緊張がみなぎり、十三歳の秀頼は不安をおぼえた。城とともに燃えはてることになるのだろうか。しかし、その仮定を空想しても、さほどいやな気はしなかった。このお城となら……。

母の淀君の影響もあったが、秀頼にとっても、城と自分とは目に見えぬもので一体化している感じだった。この城がほろびるのなら、わたしも終り、わたしが終る時はこの城もほろびるべきだ。これには理屈を超えた、すがすがしい明快さがあった。

しかし、事態の急激な悪化はなかった。そのひと月ほどあと将軍家の名代として、家康の子息の徳川忠輝《ただてる》が大坂城へ来て、秀頼にあいさつをした。ほとんど同じ年齢。形式的なあいさつのあと、忠輝は言った。

「なんという、すばらしいお城でしょう。なかに入った時ぞくっとしました」

「あなたもそう感じましたか」

秀頼は自分がほめられたのと同様に喜び、話がはずんだ。そして、忠輝を天守閣の最上階に案内した。天地のすべてを見わたすことができた。城内の屋敷、庭、城壁、堀、大坂の町、田畑、川、山、海など、みな小さく繊細に見えた。忠輝は放心したような顔つきになって帰っていった。

そのあと、秀頼は思った。武将の統率者の前征夷大将軍、その家康の子息であれば、城を見たぐらいのことで、ああまで感情を動かすはずがない。となると、この城はとてつもないものなのかもしれない。

また、秀頼は家康のことを思った。ずっと会っていないが、自分を見る目つきには忘れられないものがあった。旗印をながめるような視線であることには変りない。しかし、関ヶ原で敗れて死んだ、あの三成のとはどこかちがっている。どうちがうのか。

このごろ、少しわかりかけてきたような気がする。三成のは単純、あるいは純粋に旗印を直視している感じだった。しかし、家康のは、他人にその旗印をながめさせ、その目つきを第三者として観察する。そういう屈折した複雑さがあるようだった。

秀頼は淀君や側近の者たちから、時どき家康についてのうわさを聞く。大名たちについて、だれが信用できるのかどうかに迷い、困り抜いているという。どこまで真実の話か不明だが、ありえないことではないだろう。となると、わたし秀頼という旗印を他人にながめさせ、その識別に使うということもやりかねないのではなかろうか。その程度までは、秀頼にもなんとか想像できた。しかし、それが限度でもあった。彼は悪のなんたるかを知らない。そのようなことに直面したことがないのだった。

天守閣からだとこぢんまりと見えるが、城のそとの世界には、邪悪なものがひそんでいるらしい。もしかしたら、それは魅力的なものかもしれない。城を出てそれに触れてみたいとの気分にとらわれることもあるのだが、秀頼に許される行動ではなかった。

その翌年、城の支配役の立場にある片桐且元《かつもと》から、十四歳になった秀頼にこんな提案があった。まもなく伊勢《いせ》の神宮の遷宮《せんぐう》がおこなわれる。それに際し、立派な宇治橋を作って寄進されたらどうでしょうと。秀頼は聞く。

「どのような神社なのか」

「わが国のすべてをお守りくださる神がまつられている神社でございます」

「よいことのように思う。母上とも相談の上、よきようにとりはからって下さい」

右大臣へと昇進してからも、これといったことをやってない。伊勢神宮は天子さまの祖先がまつられているのだという。橋の寄進ぐらいは当然なすべきだろうと、秀頼は思った。

その橋が完成すると、神宮からの使いがみえ、秀頼に心からのお礼をのべた。

それを手はじめに、さまざまな神社や仏閣の修理や建造が、大坂城の人たちによって進められはじめた。且元や淀君もこの点に関しては意見が一致していたし、秀頼にも反対する理由は思い浮かばなかった。

社寺の関係者との儀礼的な応対に、秀頼はけっこう忙しかった。以前にくらべ、あいさつに来る大名たちの数はめっきり減っていた。しかし、それがどのような事態の変化を示すものなのか、気がつかなかった。不安めいたものが心をかすめることもあるが、この美しく厳然とした城は、それをすぐ打ち消してしまう。

淀君と且元とは、方広寺《ほうこうじ》の再建の計画について、しばしば相談をしていた。京の東山、豊国神社のそばにある寺。太閤が生前に建立したのだが、ほどなく地震のために崩壊してしまった。太閤はその再建をこころざしながら、手をつける前に死去してしまった。秀頼は、あの秀次のたたりによる地震のことだなと、ちょっといやな気分だった。

しかし、太閤の遺志でもあり、淀君は以前からその再建を命じていた。だが、その工事進行中に火災がおこり、焼失した。それをまた建てようとの計画。淀君は意地でもそれをなしとげたいらしかった。且元はいろいろな図面を作って見せ、規模はしだいに大がかりになり、そのたびに淀君は満足して喜ぶ。

ある日、宮内卿の局が秀頼と二人だけの時、例によって冷静な口調で言った。

「多くの寺社の修理、このたびの方広寺の再建、すべて家康さまにそそのかされてのことのように思え、心配でなりません」

「しかし、母上は喜ばれている」

「そのかわりに、城内にたくわえられていた金銀が、しだいにへってゆきます」

「それがなぜ困ることなのだ」

金銀にとりかこまれて成長してきた秀頼は、その貴重さを知らないままだった。この質問を聞き、宮内卿は一瞬いつもの理性的な表情を崩し、しばらくして言った。

「まわりの者たちは、それが当然のことと、秀頼さまが立派な公卿《くげ》になられるようにとお育てしてきましたが、これはあやまりであったかもしれません……」

経済や政治の知識をもお教えすべきだったようだ。しかし、では具体的にどう教えればよかったのかとなると、それは現実に不可能なことだった。宮内卿にしては珍しく、後悔と焦燥の感情を示していた。秀頼は言う。

「だれが悪いといってもいまさら仕方のないことだろう。で、そちは神仏の加護というものを信じているのか」

「はい……」

「わたしもそうだ。神社や寺が世にたくさんあるということは、加護の力を信じている人が多いからであろう。寺社の修理や再建につくしておけば、神仏も豊臣家のことを心にかけてくれるのではないだろうか。また、かりに神仏の力は現実の世には無力なものとしても、死後の世界においては、きっといいようにはからってくれるにちがいない」

「ご立派なお考えでございます……」

と宮内卿は言った。経済や政治についての知識などより、秀頼にとって必要なものは最悪の万一の場合についての心がまえのほうかもしれない。そう思っての言葉だった。

といって、秀頼はべつに神仏の加護をさほど信じていたわけではない。お城という、より信頼感のあるものが存在している。

だれかが城内にこんなうわさをもたらした。家康は最近なにかにおびえたかのように毎日「南無阿弥陀仏《なむあみだぶつ》」の文字を書きつづけているという。豊臣家が寺社へ熱心につくしたため、家康の周辺から加護の力が去ったためにちがいない。寿命のつきるのも、そう遠くはないのではないか。多分に希望的な話であり、大げさに脚色されているようでもあったが、城内を活気づける作用はあった。そのため、方広寺の再建計画は、一段と熱心に進められることになるのだった。

重成

少年の秀頼にとって、最も親しい相手は木村重成《しげなり》だった。年齢もほぼ同じ。しかも、重成は宮内卿の局のひとり息子。そのようなわけで、二人はともにすごす時間が多かった。秀頼が学問の講義を受ける時、重成もそばに控えていっしょに聞いたりした。また、二人で遊ぶことも多かった。

ある日、秀頼は重成を相手に、室内で投壺《とうこ》という遊びをしていた。漢の時代にうまれた儀礼的な遊戯で、壺《つぼ》を置き、少しはなれたところからそのなかに短い矢を投げこみ、たくさんはいったほうがいいという勝負。

秀頼は以前からこれが好きであり、時間を持てあましたりすると、ひとりそれを試みるのだった。もちろん、最初のうちは、はずれっぱなしだった。しかし、くりかえすうちに、矢が壺の口に入る率も高くなってきた。意志のない壺は、ごきげんをとってはくれない。的中率は当人の実力以外のなにものでもない。その点が気にいった。自分との勝負であり、成績の上ることは真実の誇りであり、それにこれをやっている時は、雑念も消える。

きょうは重成を相手にそれをやった。

「上さまにはとてもかないません」

頭を下げる重成は、非常な美少年だった。しかし、それについて秀頼は嫉妬《しっと》を感じたことなどない。嫉妬や羨望《せんぼう》のたぐいの感情を知ることもなく成長してきたからだった。

「いや、わたしがそちに勝てるのはこの遊びぐらいだろうよ」

「そんなことはございません」

「そちは武芸にはげんでいるそうだが、わたしはそれをやらせてもらえない。考えると、心細い気分になることがある。もしだれかに襲われた場合、手にこの矢を持っておれば、これを投げて相手をひるませることはできよう。だが、それだけのことだ」

「そんなことをお考えになってはいけません。上さまを襲う者などあるはずがございませんし、万一そのようなことがあれば、わたくしが命にかえてもお守り申しあげます。わたくしが武芸にはげんでいるのは、そのためにこそでございます」

「そう言ってくれるとうれしい」

「言葉だけのことではございません。心の底からの覚悟でございます」

重成はきっぱりと言った。真実があふれていた。それは旗印をながめる目つきであり、秀頼という旗印に殉じる感情を示していた。

「そちの心を疑ったりはしない。また、そちの母の宮内卿は、わたしを幼少の時から、いつも親身に世話をしてくれた。頭のよい立派なかたである。わたしは感謝している」

「母のことをおほめいただき、こんなありがたいことはございません」

「そこでだ、ふしぎでならないことがある。そちとしては答えにくいことかもしれぬが、聞いてみたい点がひとつだけある」

「なんなりとお聞き下さいませ」

「じつはな、そちの父についてだ」

「はい……」

いままで誠実そのものであった重成の顔に、かすかな変化が走った。秀頼は言う。

「だれも、わたしにくわしく話したがらないので、よくは知らないことなのだが、わたしが生まれてまもなくのころ、関白秀次という人が、太閤さまの命令により、一族もろとも死に至らされたそうだ。わたしが生まれたためにおこった事件のようで、気の毒に思えてならない」

「いいえ、決してそんなことはございません。お悪いのは秀次のほうでございます」

と断言する重成に、秀頼は言った。

「聞くところによると、秀次の家老に木村常陸介《ひたちのすけ》重高という人がいたという。秀次をもりたてた人物であり、そのため、事件の責任をおわされて、ともに切腹したそうだが」

「さようでございます」

「その人が、そちの父上だそうだが」

「はい」

重成の口調は宮内卿に似て理性的だった。

「そうなるとだ、豊臣家に対し、少なくとも母上やわたしに対し、そちはうらみの心を抱いてしかるべきなのに、それがまるで感じられぬ。ふしぎに思えてならないのだよ」

「お心をお悩ませいたし、申しわけございません。じつは、常陸介重高はわたくしの実の父ではないのでございます」

「なるほど、養子であったのか。それならば、父の無念を受けつぐこともないといえるな。しかし、やはり割り切れないものが残る。養子にしては、そちの母はそちを深く愛しているし、そちも母を心から誇りにしているようだ。また、そちの母はわたしの幼少の時から、身の回りの世話をすべてやってくれている。夫の死に関連のあるわたしに、かくまでつくしてくれるのもふしぎだ。わたしの世話係という重要な役に、そちの母を命じた人は、どう考えての上なのだろう」

首をかしげる秀頼に、重成は話した。

「君臣の間は公的なものであり、私事にわたることは申し上げるべきではないのでしょうが、上さまのご疑念をとくためにお話しいたします。わたくしの母は最初、ある武士と結婚いたし、わたくしが生まれました。しかし、まもなく、その実の父は死去。そのあとのことでございます。品のない言葉で恐縮でございますが、常陸介重高がわたくしの母に目をつけ、ぜひ妻にと望んだのでございます」

「そういうこともあるだろうな」

「しかし、重高はどうも好ましくない人物。腹黒く、粗暴なところがある。おぼろげにしかおぼえておりませんが、きらいだとの印象だけは、わたくしの心に焼きついております。母もたびたびお断わり申したのですが、関白秀次を通じての要求となると、そうもならず、死にまさるつらい思いで、幼いわたくしを連れて再婚いたしました。ですから、母にとって重高の死は大きな救いでございました。これらの事情を、上さまのご母堂さまが知っておられ、こちらにご奉公いたすことになったのでございます。本来なら重高とともに死なねばならぬところ。それを許された上に、ご奉公を命じられた。このご恩恵を決して忘れてはならぬと、いつも母はわたくしに申しております」

「なるほど、そうであったのか。よくわかった。しかし、世の中にはいろいろな生き方があるものだな……」

秀頼はつぶやく。さまざまな人生が存在するということを、はじめて知った。すべての人が、みなそれなりのちがった人生をせおっているのだと知ると、気の遠くなるような思いがした。

「上さまももっとこのようなことをお知りになるべきだと思いますが、気品が失われるからと、だれもお話し申し上げない……」

世は平穏のようだが、まだ完全とはいえない。人間関係を知るのが政治であり、その能力を身につけるべきだと思うと重成は最後にこう言った。

「……わたくしにそのご指導ができればいいのですが、あいにくと上さまと大差のない年齢。しかも、ずっとこのお城のなかでの生活。いまのわたくしにできるのは、命にかえて上さまをお守り申しあげることだけでございます。時どき、自分の若いことがうらめしくなります」

「そんなふうな形で若さを持てあましているのは、わたしも同じだよ」

と秀頼は言った。重成が去ったあと秀頼は投壺に使う矢を手に、庭にむかって力いっぱい投げた。しかし、それは庭には飛ばず、柱に突きささった。ちょっとした面白さを感じた。ひとつ木の板に的を描き、それに命中させることでもやってみるかな。おだやかさのつづく日常のなかにあると、なにか新しい遊びを考え出したくもなるのだった。

側室

やすらぎにみちた月日の流れが突然とまり、衝撃が襲いかかってきた。十六歳になった時、秀頼は天然痘にかかった。うまれてはじめて経験した、大変な苦痛だった。熱があがり、頭痛がし、腰のあたりが強く痛み、はきけもした。自分がなぜこのような目にあわねばならぬのか、そのわけがわからなかった。まわりの者たちはさわいでいたが、だれも苦痛をやわらげてはくれなかった。

高熱にうなされながら、悪夢を見た。燃える城の炎のなかで死ぬ夢だった。淀君の話の影響かもしれない。夢のなかで秀頼は思った。こんな苦しさがつづくのなら、炎のなかで死ぬほうがはるかにいい。願望のあらわれでもあった。

数日間それがつづき、熱は下った。各地の寺社の修復はいまだにつづけられており、そのための神仏の加護のおかげとほっとした。しかし、病気はまだ終らなかった。からだに発疹《はっしん》ができはじめた。ふたたび熱があがり、こんどは皮膚の痛みがはげしかった。そんななかで、加藤清正《きよまさ》、浅野幸長《よしなが》など何人かの大名が見舞いに来た。だれもが言った。

「しっかりなさいませ。太閤さまのご子息ではございませんか。このような病気で負けてはなりません」

それを夢うつつのなかで聞いたが、秀頼にとって、あまりはげましにならなかった。太閤の名を出されると、老醜や死を連想させられる。秀頼はひとり苦しみつづけた。苦しみをまるで知らずに育ってきただけに、精神の切り刻まれるような思いだった。

やがて病気は全快したが、秀頼は寝床から出る気になれなかった。いつまた再発し、あの苦痛が訪れるかもしれないと思うと、いたたまれない不安が心に暗くひろがる。

「この病気は、一度かかれば二度となるものではございません」

周囲の者がそう言っても、気やすめとしか思えず、気分は沈む一方だった。すすめられるまま酒を飲んでみた。これまでにも酒は飲んだことがある。だが、いつも儀礼のための杯であり、決して乱れぬようにしつけられていた。その習慣のため、秀頼の酔いは陽気に発散しなかった。酔うとかえって、不吉な予感が頭にわいてくる。

そのようすを見て、宮内卿の局がそばへ来てささやいた。

「側室をお持ちなさるよう、おすすめ申しあげます」

「どういうことか」

「このご寝所におなごをお連れします」

「しかし、妻の千姫のことは……」

「それは存じております。しかし、千姫さまはまだ十二歳。まだお若すぎます。それがもとで千姫さまのおからだに万一のことがあると、家康さまとの関係上、大変なことになりましょう。千姫さまをお相手になさるのは、もう二年ほどお待ち下さい」

「で、どのような女の人か……」

「侍女のなかの、おとよと申す女です。伊勢の成田というかたの娘で、秀頼さまより二歳としうえでございます。決して悪いようにはいたしません。おまかせ下さい」

「では、よろしくたのむ」

秀頼も宮内卿の言うことだけは信用した。また、体力は回復していたが、病気の衝撃から気力は回復せず、なげやりの、あなたまかせの気分だった。

夜、おとよという女性が秀頼の寝所へ入ってきた。健康そのものといった感じで、小麦色の肌をしていた。秀頼の気分をくつろがせるものを持っていた。その原因に秀頼は気づいた。自分をながめるのに、この女は、あの旗印を見るような目つきをしない。それが秀頼を楽しくさせた。

寝床をともにし、そのあけがた、このような感覚が世の中にあったのかとあらためて考えなおした。病気の高熱と苦痛をはじめて体験した驚き、それをちょうど逆にしたようなものといえた。

秀頼は宮内卿にたのみ、毎晩のようにその女を寝所に呼ばせた。こころよいことであり、病気への不安を忘れることができ、それに、ほかにすることもなかった。

何か月かたつと、宮内卿は秀頼に言った。

「まだ、ご病気のことがご心配でございますか」

「ああ、そういえば、わたしは大変な病気をしたのだったな。すっかり忘れていた。元気がでてきた。あの女のおかげでもあり、つまり、そちの配慮のおかげともいえるな」

「生きていこうとなさる気力をとりもどされ、けっこうなことでございます。ところで、おとよのことでございますが、しばらくのあいだ、おそばからさがらせます」

「それはなぜなのか」

「懐妊なさったのでございます」

「そうか……」

と秀頼は言った。どういうことなのか、よくわからなかった。しかし、宮内卿にまかせておけば、なにごともよくとりはからってくれるにちがいない。

翌年、おとよは男子をうみ、国松《くにまつ》と名づけられた。おとよは出身地にちなみ、伊勢《いせ》の局《つぼね》と称することになり、城内に屋敷を与えられた。しかし、秀頼は十七歳、どういうことなのか、ほとんど実感がともなわなかった。

その翌年、おとよ、すなわち伊勢の局は女子をうみ、美代姫と名づけられた。国松は健康に育ち、かわいくなりかけていた。かわいがりかけ、秀頼は太閤のことをふと回想し、宮内卿に言った。

「この子を、まわりの者があまりちやほやしないように。大事にしすぎるのは、当人にとってはよくないこともある」

「こころえております」

そのつぎの年、秀頼は十八歳になった。ある夏の日、宮内卿は秀頼に言った。

「千姫さまが十四歳になられました」

「お祝いでもするのか」

「いいえ、そろそろ千姫さまをお相手になされたらいかがかと思います」

「そうであったな。しかし、家康さまとのあいだをつなぐ、大切なかただと思うと……」

千姫とは時どきいっしょに遊んでいる。婚儀の時にくらべると、ずいぶんと女らしくなっている。おたがいに好意は抱きあっているのだが、秀頼の心にはためらいがあった。平穏の保証の旗印として見てしまう。また、城内には徳川方への反感もくすぶっており、徳川没落の祈禱《きとう》をすると称し、怪しげな人物がひそかに出入りしている。淀君の側近には、それに金を渡している者もあるらしい。そんなことが、千姫の耳に入っているのでは……。

「お気づかいなきよう。うまくゆくようにいたします。ただ、千姫さまのご寝所をおたずねになればよろしゅうございます」

「ではそうすることにしよう」

秀頼はまた宮内卿にまかせた。その夜、秀頼は案内され、千姫の寝所へと行った。

「お元気でけっこうですね」

秀頼があいさつすると、千姫はあたりを指さしながら言った。

「さきほど、宮内卿さまから珍しいお花をこんなにたくさんいただきました。ランという花で、海のかなたの南の国に咲く種類だそうです。なんという美しいお花。それに、このすばらしいかおり。なんだか夢のなかにいるような……」

部屋のなかには、鉢植えの花がいくつも飾ってあった。あざやかな色の花だった。強烈な、甘いようなかおりが部屋にこもっていた。顔を近づけてかぐと、理性がどこかへ薄れて消えてゆき、情熱がそれにかわってくる。秀頼は燭台《しょくだい》の火をつぎつぎに消していった。

「そなたは花よりも美しい……」

秀頼はほの暗いなかで、白いほっそりとした千姫のからだにいった。

清正

秀頼は十九歳になった。その年の二月、城内でまたも混乱が発生した。家康が関東から京にのぼってきて、秀頼に対し、二条城《にじょうじょう》まであいさつに来るようにとの使いをよこした。淀君は不快げに拒否したいようすであり、片桐且元は、この際いちおうお出かけになるべきだと言い、城内の意見はなかなかまとまらなかった。感情的で主観的な議論だった。妥当な結論を出そうにも、その基礎となる材料をだれも充分に持ちあわせていなかった。

そのような時、加藤清正がやってきて、秀頼にあいさつをした。そして言う。

「このたびのことでございますが、京におでかけになるほうがよろしいと考えます」

清正は五十歳ぐらい。背が高く、あごひげをはやしていた。これまでにも大坂を通るたびに城へ寄り、秀頼へのあいさつを欠かしていなかった。勇将であるとの評判だが、すんだ目の持ち主だった。虚飾を感じさせない、態度のよさ。それらの点で、秀頼は清正に以前から好意を持っていた。

「わたしとしては出かけてみようと思っている。太閤さまのご遺言で十五歳になるまでは城から出るなとのことだったが、その年齢もすぎた。征夷大将軍の秀忠さまに対してとなると、格の点で問題もあろうが、すでにその職をしりぞき隠居された家康さまに対して、孫の千姫と結婚したわたしが、個人としてお会いするぶんには、問題もないのではないか」

秀頼としては、それなりにせいいっぱい考えた判断だった。

「そう願わしいと存じます」

清正は安心の表情でうなずき、平伏した。秀頼は少し笑いながら声をかけた。

「もし万一、会見の席で予想もしなかった事件がおこったら、そちはどうする」

「ひとときも決しておそばをはなれることなく、お守り申しあげます。わたくしはじめ家臣すべての命をかけ、ことに当る覚悟でございます」

例の旗印に殉じる決意を感じさせる視線だった。秀頼の判断が城内の意見をまとめた。その準備がいそがしく開始された。出発の前夜、秀頼がひとりでいる時、木村重成があらわれ、そっと言った。

「お望みの品が出来あがりました」

さし出したものは、ひとことで形容すれば短い矢といえた。竹の軸の先端にとがった鋭い鉄の部分がつけられ他端には羽根がついていた。秀頼はそれを手にし、さっと投げた。それは部屋のすみの柱に突きささり、すぐそばのふすまも壁も傷つけなかった。退屈まぎれの遊びの成果だった。重成は言う。

「大変なご上達でございます。で、今回、それをお使いになるつもりですか」

「使いはしないさ。なんといったものかな、わたしの心のなかの遊びとでもいったところだろうな」

「それならよろしゅうございます。さまざまなうわさが流れておりますので、くれぐれも慎重に行動なさいますよう。わたくしもおとも申しあげますが……」

「わかっておる。よろしくたのむ」

秀頼は家臣たちに守られ、大坂城を出た。七歳の時に城に入ってから、はじめての外出。不安めいたものを感じ、しばらくは落ち着かなかった。城のそとには邪悪なものがただよっているはずなのだ。

一行は舟で淀川をさかのぼった。やがて夜となる。舟の揺れるなかで、秀頼は眠った。起されると朝で舟は淀に着いていた。そこには加藤清正と浅野幸長とが待っていた。その二人が秀頼の乗り物の両側につきそった。

京の手前でひと休みし、そこで正式の行列が編成された。先導の者も、飾りの槍《やり》も、馬も馬具も、だれの服装も刀も、そして秀頼の乗り物も、すべてはなやかさにあふれていた。道の両側にはそれを見物する人たちが並んでおり、賛美のため息がわきあがった。

二条城に着き、玄関に入る。清正と重成とがついてきた。うぐいす張りの廊下があり、足を進めるにつれ小さな音が響き、秀頼は面白いと思った。

広間に入る。いまは高台院と呼ばれる北の政所が正面にすわっていた。秀頼とほとんど同時に、べつな側から家康が、子息である少年ふたりを従えて入ってきた。長いこと会わなかったが、頭に描いていたのにくらべ、家康の小さいことが意外だった。それだけ秀頼の背が高くなっていたのだった。

それぞれさだめられた席につく。秀頼と家康とは、あいだをおいてむかいあった形だった。三人のあいだで、あいさつがかわされた。内容のない短い言葉だった。秀頼は表情を変えず、優雅にそれをおこなった。公卿《くげ》との応接で身についた動作だった。

やがて食事が運ばれてきた。空腹ではあったが、それは儀礼的なものであり、口をつけるべきでないことを秀頼は知っている。形式的に時が流れてゆく。秀頼は思う。高台院も家康もわたしも、それぞれ縁でつながっている。聞くところによると、清正は高台院に信用されており、家康と姻戚《いんせき》に当たるという。

おたがい遠慮なしに酒や食事を口にし、心のなかのことを存分に話しあうわけにはいかないものだろうか。そうすればわたしも新しい知識がえられ、あれこれ悩んでいる人たちのためにもなるはずだ。

しかし、高台院はそんなきっかけを作ってくれなかった。家康も同様。となると、秀頼が口をきるわけにもいかず、儀礼的ななかで、時間が静かにすぎてゆく。

退屈をもてあまし、秀頼は家康を見つめた。ふところのなかの短い矢のことを考える。いま、これを取り出し、さっと投げれば家康の両眼の間に命中させることができる。やってみたらどうなるだろう。きまじめな人物である清正が、どんなにうろたえることだろうか。予想もしなかった事件に、どう反応するだろうか。それを空想すると、秀頼の口もとには思わず笑いがこみあげ、それを押えるのに苦心した。

家康は秀頼の視線をそれとなくはずし、清正のほうに目をむけた。

「では、これで……」

と高台院が言い、秀頼は清正にうながされて、席を立った。家康は玄関まで送ってきた。この会見のあいだに、家臣たちの手で、相互の進物の交換がすまされていた。二条城を出る。いったい、なんのためにこんなことがおこなわれたのか。秀頼はふしぎな思いがした。

つきそっていた清正は、ほっと息をつき、秀頼をながめた。万一の際にはこの旗印のために身命を賭《か》けるという、例の視線だった。

それに気づき、秀頼は反省した。家康は他人に旗印を見つめさせ、それをわきから観察するようなところがある。となると、きょうのことは清正のために、よくない結果をもたらすのではないだろうか。

清正ばかりでなく、つきそってきた浅野幸長、そのほか行列に従ってくれた大名たち。豊臣と徳川が対立しなければならなくなったとき、だれがどちら側につくかを、家康はこれで識別しようとしたのかもしれない。きょうの会見は、そのためのものだったのか。

となると、軽々しい行動だったかな。秀頼はいささか後悔した。ただの儀礼的な対面と思いこんでいたのだが、それだけではすまされなかったようだ。自分の未熟さが、またもやくやまれた。秀頼は清正に声をかけた。

「今回は本当にすまないことをしました」

「なにをおっしゃいます。わたくしの今日あるは、すべて太閤さまのおかげでございます。行列のおともをしているあいだじゅう、太閤さまとともに戦った、若かった日々のことを思い出しつづけでございました。このような楽しい時を持てたのは、ひさしぶりでございました。それに会見もつつがなく終り、わたくしとしては、太閤さまのご恩にむくいることができてうれしい気分でございます」

秀頼は京の街をもっと見物したい思いだった。清正もまた、秀頼とすぐ別れる気になれず、こう言った。

「よい機会でございます。太閤さまを祭った豊国神社に参詣《さんけい》なされてはいかがでしょう」

秀頼はうなずいた。行列は京の街を進んだ。乗り物の戸はあけられたままなので、秀頼はそとをながめることができ、沿道の人たちは秀頼を見ることができた。行列の動きとともに、人びとのざわめきも流れた。

神社は東山の中腹にあった。神殿も拝殿も大きかった。できたてで新しく神々しさはまだそなわっていなかったが、美しかった。参拝のあと清正は言った。

「太閤さまのお墓はこのいただきにございます。わたくしは京を通るたびに、いつもおまいりしております」

「では、わたしも行きましょう」

秀頼は、ともに石段をのぼった。かなりの段数で、からだのきたえかたの少ない秀頼は、息がきれた。墓所の前でぬかずき、清正は涙を流した。この男の心のなかに残っている太閤の姿はどんなものなのか。それを想像しながら、秀頼も頭を下げた。

ここからのながめはみごとだった。京の街のすべてが見渡せた。すぐ下には清水寺《きよみずでら》、さっき訪れた二条城もはっきり見えた。大坂のほうに目をやったが、かすみがたなびいていて、城のあたりはわからなかった。

「いい思い出になる」

と喜ぶ秀頼に、清正は下を指さした。

「あの工事中のところが、方広寺でございます。完成したら立派なものとなり、なき太閤さまも満足なさいましょう。あれが鐘つき堂。鐘ができあがりその響きが鳴りわたるようになれば、それを耳にした者はみな、この山頂をあおぎ、太閤さまの偉大さを思い出すことでございましょう」

「あれが方広寺か。母上や且元たちは、仕上がるのを心から待っている」

京よりの帰途、休息し食事をともにしながら、清正は秀頼に言った。

「わたくしが高麗の戦いから帰国した時、思いきって、にくい三成めを切り殺しておけば、と、くやまれてなりません。あの関ヶ原の戦いもおこらなくてすみ……」

関ヶ原の時は、秀頼八歳、おぼろげな記憶しかなかった。清正がその前に三成を殺していたら、事態がどうよくなっていたのか、その理解は秀頼にできなかった。清正は言う。

「さきほど山へおのぼりの時、お疲れのようでございました。もう少し武芸におはげみになられたほうが、よろしいのでは……」

「そうかもしれないな」

秀頼は苦笑いした。最初は公卿になるよう育てられた。重成にはいつか、政治的な才能をそなえるべきではないかと言われた。今回は武将的になれとの忠告。わたしはなにか、ひとつずつ順序がずれているのかもしれない。ことは、よくない方向に進みつつあるような気がする。思いなしか、清正の言葉や口調に、どこか悲痛な感じがこもっているようだった。

清正とは途中で別れ、秀頼は舟で大坂へと戻った。下りのため早く、その夜のうちに帰りつくことができた。城のなかへ帰ると、やすらかな気分に包まれたようになる。清正との会話で感じた危機感も、まもなく忘れた。二条城のことも、山頂からのながめも、なにもかも夢のような気がしてくる。秀頼にとっての現実は、この城の内側だけだった。

その二か月後、清正はふたたび大坂城へやってきて、秀頼にあいさつをした。これから九州の領地へ帰るのだという。前に会った時にくらべ、元気がないようだった。秀頼は言う。

「からだでも悪いのではないか。しばらくこの城で静養されてはどうか。しばらくといわず、ずっとこの城にいてもらえると、どんなにありがたいだろう。そちにすべてをまかせるよう、わたしがみなを説得するから」

清正は涙をぬぐいながら、声をつまらせて言った。

「ああ、そのお言葉を、関ヶ原の戦いの前に、現在のように成人なされた秀頼さまからお聞きしたかった。そう思うと、なにかが胸にこみあげてくる感じです。しかし、いまさらどうしようもございません。ただただ、年月のずれがうらめしい思いでございます……」

立場や性格のちがいから三成に反感を抱き、関ヶ原で反対側につき、その結果として徳川方を強大にしてしまった。まちがってたのかもしれない。そのあたりになると清正の声は乱れ、秀頼には聞きとりにくかった。

「よくわからぬが、わたしも十年ほど早くうまれていたらと、時どき考えることがあるよ。どうしても九州に帰らねばならぬのなら、しかたがない。いまの話、心にとめておいてくれないかな。来年になったら、また会いたいものだね」

「かならず、また参ります」

清正の船は大きく美しかった。赤くぬられ、南蛮船の特徴をとりいれているが、和風の屋根のついた部分もあった。内部にはたくさんの座敷、風呂《ふろ》までもそなえ、異国へも渡ることのできる船だという。

秀頼はそれが出航してゆくのを、天守閣の上から見送った。清正そのものまでは見わけられなかったが、いつもの視線をこちらに向け、別れを告げていることは確実に思えた。帆に風を受け、船は海の上をしだいに遠ざかり、夕日とともに水平線のかなたへと消えていった。見えなくなったあとも、秀頼はなおしばらく、そこに立ちつづけた。

その翌月の、六月二十四日、清正は九州の領地で死去した。そのしらせを受け、秀頼はつぶやいた。

「やはり船の旅が無理だったのであろうな。あの時、むりにでもひきとめ、ここで静養させておけばよかった。それが清正の好意にむくいる、わたしにできた唯一のことだったのかもしれない……」

太閤に忠実につかえた人だったという。高麗では武勇を示したという。城を築くことでは天才的だったという。秀頼にとって、それらは他人から聞く物語にすぎなかった。しかし、大坂を通るたびに必ずあいさつに寄ってくれたこと。清正への悪口を聞いたことがないこと。いつも誠実な態度で接してくれたこと。それと京ですごした思い出。これは秀頼にとって確実なことだった。かけがえのない人物であったことを、清正に死なれて、秀頼は痛切に知ったのだった。

清正とほぼ同時に、堀尾吉晴《よしはる》という大名の死去を知らされた。秀頼が大病で苦しんでいた時に、見舞いに来てくれたなかのひとりだった。そのほか、時おりあいさつに来てくれた、顔みしりの大名たちの死のしらせがつづいた。秀頼はそれらの死が、自分に関連しているように思えてならなかった。旗印をながめるごとく自分に接してくれた人たちは、不幸な目にあうようだ。わたしの責任なのだろうか。どうすればいいのだろう。

秀頼は清正の言葉を思い出した。武芸におはげみなさいと言っていた。なぜそうしなければならないのかはわからなかったが、それに従うべきだろうと感じた。

秀頼はそれをはじめた。淀君はそんな危いことをする必要などないと主張したが、秀頼はきかなかった。

乗馬、剣術、槍《やり》などを習うのに、とりつかれたように熱中した。十九歳の後半から二十歳にかけて、そのような日々がすぎていった。若く熱心で、素質もよかったのか、上達が早いように自分でも思えた。内心のもやもやしたものも消える。爽快《そうかい》さがあった。人間にはこのような快感もあったのか、もっと早くからやるべきだったな。そして、時おり清正のことを思い出すのだった。

了　以

二十一歳の初秋、秀頼は天守閣にのぼり、海をながめていた。なんだか、清正の船が海のかなたから帰ってきそうな気にもなる。しかし、それはありえないことなのだ。

「あの海の、ずっとかなたには、どのような国があるのだろうか」

秀頼がつぶやくと、そばにいた宮内卿の局が言った。

「そのようなことをお知りになりたいのでしたら、角倉了以《すみのくらりょうい》と申す者がおります。お城にお呼びいたしましょうか」

「なにをしているひとか」

「京の大きな商人でございます。秀頼さまのおうまれになる前の年ぐらいに、船で異国へ渡り、それ以来、何回も海を越えて商売をなさっております」

「話を聞いてみたいものだな」

数日後、了以が秀頼の座敷にやってきた。六十歳ぐらいの老人で、やせていた。目が大きく、知的な顔をしていた。べつに異国風の服装を身につけているわけでもなかったが、秀頼はこれまでに会っただれとも異る新鮮な印象を受けた。秀頼は言う。

「気軽にして下さい」

「そうさせていただきます。わたくしは商人、武家や公卿《くげ》のような、かたくるしい作法はにがてでございます。太閤さまがなくなられて、今月で十五年目になりますな。ご生前には、いろいろとお世話になり、おかげで今も商売をつづけております」

「なぜ海外へ出むく気になったのか」

「むかし父が、明国へ渡り、医学を学んで帰りました。その医学のほうは弟がつぎ、海外へ行きたがる性質のほうは、わたくしに伝わってしまったようでございます」

「どのへんに出かけるのか」

了以は持ってきた地図をひろげ、指で示しながら言った。

「ここが大坂、こう南のほうに進みますと、この島が呂宋《ルソン》、ここが安南《アンナン》、このあたりが、よく出かけた地方でございます。言葉も服装もちがう人びとが住み、暑い気候のつづくところでございます。変った植物も。そういえばいつだったかご注文をいただき、こちらへランの花をおとどけいたしました。あのようなランをはじめてわが国に持ってきたのが、わたくしでございます。あのにおいには、ある種の力があるとかで……」

「そうであったか……」

秀頼は、はじめて千姫の寝所を訪れた時のことを思い出し、顔をあからめた。それに気づかれぬように、話題を変えた。

「ここのようなお城もあるのか」

「いいえ、そういう点に関しましては、わが国のほうがずっと進んでおりましょう」

「しかし、南蛮の風景を描いたという屛風《びょうぶ》などには、石でできた建物の街などが描かれている」

「それは、はるか西のほう、このあたりの地方でございます。行ったことはございませんが、異国の船の者から手に入れた絵を何枚かお持ちしました。ごらんにいれましょう」

茶色っぽい石の壁と、とがった塔から成る城。全身を鉄で包んだような姿で、馬に乗っている武士。馬に引かせて走らせる車。大きな風車のついた家。石を敷きつめた道路。噴水のある広場。色彩豊かな三角の屋根の家の並ぶ街。品物や服装はわが国にもたらされ、それらはしばしば見ている。しかし、風景となると、すべて珍しかった。

「このような国が本当にあるのだろうか」

「さようでございましょう、それらの国から、船がやってきているのでございます」

「そのような国へ行って暮したら、さぞ楽しいことだろうな……」

秀頼は夢みるような表情になった。それらの絵には、陰謀めいた勢力争いといった、邪悪な印象がまるでなかった。この大坂城内の生活は、たしかにすばらしい。この城のそとが、すべてこの絵の異国のように、色どりにみちた明るく楽しげな世界だったら、どんなにいいだろう。

了以はその心境を察した。商人という自由な立場で世の動きをながめている。徳川方が豊臣家への圧迫を強めつつあることを、よく知っている。おそらく秀頼もそれで悩んでいるのだろう。遠い国が幸福にみちているとは限らない。異国にもそれなりの悲惨さはあるはずなのだが、ここでその説明をしてもしようがない。了以は言った。

「こんなことを申しあげてはどうかと存じますが、太閤さまの高麗への出陣がよろしくありませんでした。武力で争うのでなく、商品や学問の交換でもって、おたがいに栄えるようにすべきでしたと申せましょう。もし、秀頼さまがもう十年ほど早くおうまれになっておれば、太閤さまもあのようなことをなさらず、交易のほうに力をおそそぎになられたかもしれません。そうなっていたら、いまごろは秀頼さまも、この絵の国々へお出かけになることができましたでしょう。そのことを考えると、残念でなりません」

「みな、そう言うのだよ。高麗の人たちには、大変な迷惑をかけたようだ。わたしは十年早くうまれるか、そうでなければ、うまれてこなければよかったのかもしれない。秀次という人も、わたしのために気の毒なことになったらしいし……」

秀頼は幼いころの悪夢のことを、ふと思い出した。了以は言った。

「これもまた、申しあげていいことかどうかわかりませんが、じつはわたくし、ここ数年来、京のあたりにいくつも川を作っております」

「川を作るとは……」

「異国から得た知識によって、水路を作り、川と川を結ぶ。材木を流したり、品物を舟で運べるなど、いろいろと便利になり、わたくしの商売もうまくゆくわけでございます。一昨年でしたか、新しい水路の工事を進めていますと、荒れはてた塚がありました。かまわずに進めようかと思いましたが、それが秀次さまと、そのご一族の塚とか。いささか気になりまして、その塚を別の地に移し、石塔を立てました。また、方広寺の大仏殿の工事がなされておりますので、その不要の材木をいただき、そばに小さなお寺をおたてしいたしました。勝手なふるまいであったかもしれませんが……」

それを聞き、秀頼は身を進め頭を下げた。

「そうでしたか。それは本当によいことをして下さった。秀次というかたのことは、太閤さまのなされたことであり、わたしの前ではもちろん、城内で禁句になっているようだ。だから、よけい気になっていた。商人とはもうける以外に考えない、などと武士たちがよく言っているが、そちのような人がいるとは知らなかった。お礼を申します」

「とんでもございません。お怒りをこうむるかと存じましたのに、反対におほめいただくとは。秀頼さまはご立派でございます。さきほどのご希望を、かなえてさしあげたくなりました。いますぐにでもわたくしの船にお乗せし、ごいっしょに遠い西の国へと海を越えてみたくなりました。しかし、わたくしは六十歳、せめて、もう十年ほど若ければ……」

「うまれる時期だけは、だれも自分で選べないものだな」

了以の帰ったあと、秀頼は久しぶりですがすがしい気分になれた。了以のくれた遠い国々の描かれてある地図をながめ、商品や学問の交換のことなど、あれこれと考えにふけった。しかし、それも長くはつづかなかった。

浅野幸長の死去のしらせがとどいた。京の二条城へ行った時、清正とともに秀頼のそばに従ってくれた大名。忠実さにあふれた目をしている人だった。年齢はまだ三十七歳だったという。秀頼は手で顔をおおった。幸長の死の原因、このわたしにあるのではないのだろうか。

旦　元

二十一歳から二十二歳の前半にかけて、秀頼の周囲では、徳川方に対する暗い疑惑が密度を高めつつあった。太閤以来の豊臣家と親しい大名たちが、あまりにもつぎつぎと死んでゆく。徳川方の手による毒殺ではないかとのうわさもあったが、証明のしようもなかった。だから、怒りはいっそう陰にこもる。毒殺でないとすれば、徳川方が神仏に願をかけ、のろっているのではないかと思われた。四十八歳になった淀君が、そのような感情に巻きこまれるのも当然だった。

城の外側から、妖気《ようき》が流れこんできたかのようだった。のろいにはのろいで対抗すべきだ。徳川衰亡の祈禱《きとう》をすると称する、寺社からの使者の出入りも多くなってきた。それらへの支出に、淀君は反対しなかった。

秀頼は毒殺の不安をさほど感じなかった。そんなことが発生すれば、千姫の命もない。悲しく不快な安心感だった。愛しあっていながら、そのような思考を消すことができないとは。秀頼は健康に注意した。いま、わたしが病死したら、みなは毒殺と判断し、千姫はどうしようもない立場になるだろう。

家康についてのうわさも、いろいろと城内に伝わってきた。家康は七十三歳。からだのおとろえから、死期の近いことにおびえ、あせっているという。駿府《すんぷ》と江戸、武将派と文治派、それらが複雑に対立し、徳川内部における第二の関ヶ原というべき争いに発展しかねない情勢だという。どこまで真実かわからないが、城内ではこれこそ祈禱の成果と、ひそかに喜びあった。

しかし、秀頼はかえって危機を感じた。晩年における太閤が、理屈もなにもなく、とりつかれたように高麗へ出陣したという話を連想した。自信と実力があり、内心と周囲に問題をかかえた老人の行動ほど危険なものはない。若者の無茶とは、けたがちがう。

秀頼二十二歳の五月、前田利長《としなが》という豊臣家に好意的な大名が、またも死亡した。城内の異様な空気は、一段とどす黒くなった。秀頼はそんななかから脱出したかった。千姫とともに了以の船で異国へ行けたらと空想するが、そんなことのできるわけがなかった。旗印は勝手に動くことなど許されない。七月の上旬、その了以が死亡したとのしらせを受けた。

双方のあいだのくすぶりは、七月の末に完成した方広守の鐘にきざまれた字句によって、ついに発火点に達した。「国家安康」「君臣豊楽」の個所は、家康を分裂させ、豊臣家の栄えを祈る意味にちがいないと、家康から抗議の使者が来た。秀頼は、家康が本気でそう信じ、腹を立てたにちがいないと思った。

和解のために奔走したのは、片桐且元だった。若いころから太閤の直臣だったが、あまり出世にめぐまれず、関ヶ原合戦のあと、家康から大坂城の警備を命じられ、今日に及んでいる。しかし、交際も生活も城内に限られ、したがって精神的には大坂城側といえた。

「まことに、困ったことになりました」

且元は秀頼の前へ出て言った。五十歳代なかばの、実直そのものの顔つきだった。他人に威圧感を与えるような武将でもなく、政治的な手腕もない。淀君の相談にのり、やっと完成された方広寺がこのさわぎをひきおこし当惑しきっていた。秀頼は言う。

「そちが家康殿への使者に行くのか」

「ほかに適当な者がおりませんので、いたしかたございません」

「まことに気の毒な役割りだな……」

すでに火は燃えあがっている。時が解決してくれる問題ではない。家康にとって、かつて時は味方だったかもしれないが、いまや時は家康の敵なのだ。うつろな目つきの且元に秀頼は言った。

「……わたしのために、多くの人が死んだり迷惑したりしているようだ。わたしがなにかすることでことが解決するのなら、譲歩してもいいぞ。このことを胸にひめて、交渉に当ってもらいたい」

「ありがたきお言葉。できうる限りの力をつくします」

目ばかりでなく、声もどこかうつろだった。驚きのため混乱しているのか、自信がないのか、そのへんはわからなかった。且元は家康のいる駿府へと出発していった。

それからすぐ、淀君の使者として、大蔵卿《おおくらきょう》の局《つぼね》が供を連れ、やはり駿府へと出発していった。大蔵卿とは、淀君を幼少の時からお世話しつづけ、現在は淀君の侍臣や侍女の取締りの立場にある、六十歳ちかい女性。秀頼に対する宮内卿と似たようなものといえた。

九月中旬、帰城した且元は秀頼に報告した。心身ともに疲れはてた表情だった。

「徳川方の疑念ははなはだ強く、対立の深まるのを防ぐには、二つの道しかございません。

当方に戦いの意志のないことを示すため、ご母堂さまに江戸にお住いになっていただくこと。もう一つは、秀頼さまがここから、どこかべつなお城にお移りいただくことです」

「きびしいことだな。しかし、母上だけを遠い江戸へお移しする気にはなれない。となると、もう一つの道だな。ずっとこの城で育ってきて、離れがたい思いがする。しかし、それで多くの人の流血が避けられるのならば、考えてみるべきかもしれないな。母上や千姫とともに、べつな城へ移ることを。しかし、そのことは家康殿のたしかなお約束であろうな」

苦悩にみちた口調だったが、言葉の内容は冷静だった。且元はほっとしかけたものの、念を押された質問にはうろたえた。どうしても家康と対面できず、その側近を通じて得た回答だったのだ。

「いえ、それがその……」

且元は平然とうそのつけない性格だった。豊臣家のために、これが最善にして唯一の道と信じてはいても……。

秀頼は判断を下すのを待つことにした。そこへ、大蔵卿の一行が戻り、且元とはちがった報告がもたらされた。女性たちを主とするその一行は、駿府で歓待され、家康にも直接に会うことができたと言った。そして家康自身は少しも怒っていず、べつに不快な条件も要求されなかったとのことだった。

城内における且元の評判は、たちまち悪化した。家康に会うこともなく、恐ろしい内容の話を持ち帰ったと。不信と疑惑の念が集中し、且元は屋敷にこもったきり出てこなかった。

秀頼や淀君の呼び出しにも応じない。そのため、且元の欠席のまま会議が開かれた。大蔵卿の報告がなされ、それに随行した女性たちもその話を裏付けた。こうなると、結論は最初からきまっているようなものと言えた。城内の者だれにしても、このいごこちのいい場所から出たくない思い。この感情が出発点であり、また帰着点でもあった。

秀頼は且元に、もっとくわしく話させたい思いだった。甲にむかっては乙をけなし、乙には甲をけなす。それによって両者を対立させ、利を得る。そういう策のあることは、秀頼も知っていた。それにひっかかるぐらい、ばかげたことはない。しかし、且元は出てこない。家康にも会っていないようだし、話の内容もあやふやだった。且元を支持しようにもできなかった。またこの城から出たくないという点では、秀頼もみなと同じだった。

大蔵卿の局の長男である大野治長《はるなが》が、秀頼にむかって発言した。

「且元は許すべからざる人物でございます。ほっておくと、さらによからぬたくらみをいたしましょう。且元のご処分を、わたしにお命じ下さい」

「いや、且元がそれほどの悪人とは思えない。気疲れで頭がおかしくなったのではなかろうか。わたしは人を殺す命令など出したくない。将来のためにならないのなら、この城から追い出せば、それでいいではないか」

治長

且元を大坂城から追い出したことが徳川方に開戦の口実を与えることとなった。秀頼の使者の且元への回答が、将軍からの正式のもの、淀君の使いの大蔵卿へのあいさつは、すでに将軍職を辞した家康個人の言動にすぎないという。

わなにかかった感じだった。かりに且元のもたらした条件をのみ、準備のためしばらくの期間を、と答えていたとしても同じことだったろう。その場合はそれで、さらに無理な要求を重ねてきたにちがいない。徳川方は早くから戦いの準備にかかっていたという。家康にとって、時間こそが最大の敵なのだ。

「戦いは避けられぬようだな。それに対しての覚悟はできている。しかし対抗する力がこちらにあるのか。聞くところによると、徳川方の軍勢は二十万ちかいそうだが」

秀頼は大野治長に言った。且元が去ったあとは、治長が城の支配役の地位についた。まだ四十歳前。大蔵卿の局の長男ということで、淀君と秀頼に対する思いには、純粋なものがあった。はぎれの悪さを感じさせた且元とちがい、治長はととのった容貌《ようぼう》であり、口調もまた明快だった。

「ご心配なさることはございません。こちらには、この城がございます。その倍の軍勢であろうと、決して敗れはいたしません」

「わたしもそう思う。しかし、やはり将兵の数も必要であろう。こちらに加わってくれる大名は、少ないのではなかろうか」

清正をはじめ、こちらに好意的だった大名たちは、つぎつぎに死去している。この城内では、男より女の人数のほうが多いように思える。その男たちも、美しいよそおいと礼儀だけを好む性格の者が大部分のようだ。そこが秀頼の気になる点だった。

治長は否定した。これまでは女性的な印象を与える人物だったが、このところ急激に勇壮な感じを発散しはじめていた。責任ある立場がそのような変化をもたらしたのだろう。

「将兵は充分に集めます。かならず」

「どこから、どのようにしてか」

「このお城のお蔵には、太閤さまの残された金銀が大量にございます。事実、寺社の修復や建立のために、かなりの額を使いはたしました。それで使いきったものと判断し、徳川方は開戦にふみきったのでございましょう。しかし、わたくしは万一の場合を考え、且元にも知らさず、今日までかくしおおせてきました。相当な量でございます。それを使えば、将兵や武器はいくらでも集められます」

「そういうものか……」

秀頼はうまれてから見つづけてきた金銀に、そのような力のあることを実感として持っていなかった。重要な知識はすべて、少しずつおくれてわたしの頭に入ってくる。

「この件については、おまかせ下さい」

治長はそれにとりかかった。これまでは美にみちた城だったが、武の色彩が濃く加わってきた。大名の参加は少なかったが、真田《さなだ》幸村《ゆきむら》とか、後藤又兵衛《またべえ》とか、塙団右衛門《ばんだんえもん》とか、勇敢な武将とうわさの高い者たちが、部下を連れつぎつぎに入城してきた。荒々しい空気がみなぎってきたが、このみごとな城は、それらとも完全に調和するのだった。また、このような活気をもたらす力が金銀にあったのかと、秀頼はあらためて感嘆するのだった。

治長は報告した。

「わがほうの軍勢は、十万人を越えました。予想以上でございます。金銀の計算を越えた、太閤さまのご遺徳でございましょう。それに、陰性な徳川方への反感もかなりあるようでございます」

「では、見まわってはげましてやろう」

「お願いしたいところでございますが、少しお待ち下さい。新しく召抱えたなかに、敵側の者がまぎれこんでいないとも限りません。おからだに万一のことがあると……」

「それもそうだな」

秀頼は二条城で、家康の眉間《みけん》めがけ短い矢を投げつけようとしたことを思い出した。現実の戦いとなると、それをわたしに対してやる者も出現するわけだろう。

「上さまはわが軍の旗印でございますから」

「そちは、ものごとをはっきり言うな」

秀頼は笑った。見まわりは他の者にまかせ、天守閣からながめた。銃や食料がつぎつぎに運びこまれていた。南のほう、大きな川のようなはばの三の丸の堀のそとには、砦《とりで》が作られつつあった。幸村が指揮して建造を急いでいる真田丸がそれだった。城壁なども、修理や補強がなされつつあった。武に変貌《へんぼう》した城は、その魔力で、なかの秀頼の心を同化した。秀頼は心強さをおぼえながら治長に言った。

「万全の態勢といえそうだな」

「はい、敗戦だけは決してございません」

「この城そのものを、自由に移動させることができたら、さぞすごいだろうな」

「妙なことをお考えあそばす。しかし、まさにその通りでございます。それができたら、この世にこわいものはございません」

十一月に入ると、徳川方の軍勢があらわれ、遠く城をとりかこむように布陣した。やがて、城の東北や南西で合戦がはじまった。あの程度のは小規模なものだと秀頼は教えられた。一進一退はあったが大きな変化はなかった。敵方は城を攻めあぐんでいるように思えた。毎夜、敵側はときの声をあげたり、銃声をひびかせたりした。眠りをさまたげ、おびえさす目的だったが、秀頼だけは平気で眠れた。そのたぐいの物音を耳にしても、戦いの経験がないため、恐怖を連想することがなかった。それに城への信頼感もある。

十二月に入ると、幸村の守る真田丸が、攻め寄せた敵をさんざんな目にあわせて撃退したとの報告を受けた。城は敵を完全に威圧していた。寒い冬の風が吹き荒れ、敵の軍勢は凍りついたかのように、ほとんど動きを示さなかった。粉雪が降り、敵は凍傷者が続出しているとのことだった。

唯一の事件といえば、大きな砲丸が何発か城内にうちこまれたことだった。そのひとつは淀君の屋敷に命中し一部をこわした。たいした被害ではなかったが侍女のなかにはふるえあがる者があった。

まもなく、徳川方から和議の話が持ちこまれた。さまざまな経路によって、その交渉がなされているようだった。秀頼は治長に言った。

「敵方は手も足も出せないようだな。このまま頑張れば、ねをあげるにちがいない」

「さようでございます、そのため、和議の申し出がきております」

「どのような条件か」

「上さま、ご母堂さまはそのまま。新しく召抱えた者もそのままでいい。ただし三の丸の堀を埋めること、わたくしと織田有楽《うらく》の親族から、それぞれ人質をさし出すこと。それをご承知下されば、敵は全軍を引きあげると言っております」

「母上が江戸へ行くこともなく、わたしが他の城へ移ることもない。威信は傷つかなかったようだ。しかし、堀を埋める件はともかく、そちが人質をださねばならぬとは……」

顔を曇らせる秀頼を見つめ、治長は言う。

「そのご心配はなさらぬよう。人質を気にして豊臣家を裏切ったとあっては、母の大蔵卿もわたくしも、永久に世の笑いものになりましょう」

「わたしは戦いつづけたいが、世を混乱におちいらせるのも好まない」

「これで時をかせぐのがよろしいかと存じます。金銀はまだ大量にございます」

治長の提案を秀頼はみとめた。重成が出かけ、家康の血判をとってきた。それを見て、秀頼はいやな予感がした。むかし目にした、太閤に対する大名たちの血判のことを思い出したのだった。その思いを振りはらい、夜、秀頼は千姫の寝所をおとずれ、和議の成立のことを話した。

有　楽

年があけ、秀頼は二十三歳となった。城内の女たちは正月の行事を楽しみ、城内の将兵たちは、召抱えられた安心感と、勝利めいた気分を味わっていた。

そのすきに堀が埋められた。三の丸の外側の堀ばかりでなく、二の丸の周囲の堀まで徳川方は埋めにかかっていた。抗議をしても、本丸のまわりの内堀だけを残し、あとはすべて埋めるようにと聞いていると、工事の担当者は答えた。治長は約束がちがうと、抗議と交渉を必死にくりかえしたが、徳川方は責任者の所在をあいまいにし、そのあいだに破壊と埋立ては急速に進行してしまった。土煙があがり、それが一段落すると、洪水の引くように徳川方は去っていった。ぐっすりと寝こんだ翌日、目ざめてみると、夜中の嵐の災害で、そとの景色がめちゃめちゃに一変していた。そんな感じだった。

秀頼は天守閣にあがり、あまりの変りように胸がつまった。遠い三の丸の堀だけかと思っていたのにその内側の二の丸の堀まで埋められ、そのあたりの城壁もこわされていた。秀頼ははじめて知った。城のそとにあった邪悪なものの力を。虚偽とか卑劣とか詐欺とか、そういう悪徳の現実を。

頭では理解していたが、この目で見たのははじめてだった。わたしはもっと早く、これを知っておくべきだったのだ。しかし、もはや手おくれ。必要な知識はいつも、ことが終ってから、わたしのところへもたらされる。

変りはてた城の姿に、涙が出た。これが運命というものかもしれない。城はわたしであり、わたしは城であった。城のために流す涙は、自身にむけてのそれでもあった。予感などといったものでなく、悲劇の光景は厳然としてそこにあった。

治長は堀を作りなおすことに努力していた。だが、金銀の力をもってしても、なかなかはかどらなかった。物価や賃銀が異常に高くなっており、そこに計算の盲点があった。治長はあせりながら、城内の意見の統一にも苦しんでいた。豊臣家の安泰のために、しばらくたえしのぶべきだとの説。断固として戦うべきだとの説。その二派が対立していた。治長は慎重論を主張し、城を少しでももとの形になおす日時を作りたがっていた。だが、工事の進みはおそかった。

秀頼は悲劇の近いことを知っている。のがれられぬ運命となると、意外なほど気持ちが冷静になった。じたばた悪あがきをしても、これは無意味だろう。そんなある日、織田有楽が秀頼のところへあいさつに来た。

「このたびの戦いで、わたくし心身ともに疲れました。年齢のせいもございましょう。もし、つぎに開戦となった場合は、かえって足手まといになるかもしれません」

六十五歳ぐらいの老人だった。信長の弟で、淀君の叔父《おじ》に当る。信長の死後、太閤のそばにいて、学識をひろめる手伝いの話し相手という、あいまいな地位にあり、そのままずっと大坂城にいついてしまったという人物。坊主頭だったが、はげてそうなったのかもしれない。老齢だが、頭はさえているという印象を与える。秀頼は言った。

「先日の戦いでは、たいそう働いてくれたそうですね」

「一万の兵を指揮し、北のほうを守り、鉄砲隊にだいぶ敵を殺させました。あまり面白いので、真田丸へも応援に行ったりしました。あそこでの戦いはすごかった……」

有楽は笑った。信長の弟という点で、秀頼もこの人にはていねいな口調になる。

「あなたは有名な茶人とうかがっています。広い学識を持ちキリシタン信者であるとのうわさもある。それなのになぜ戦いにも熱中できたのですか」

「おわかりにならないでしょうが、趣味とでもいうべきですかな。なにもかも遊びなのです。わたくしは生きる目標というものを、みずから捨てたのです」

「なぜそんな気持ちに……」

「信長の弟ということで、かつては旗印として、わたくしにも一応の価値が……」

だが、そのような目で見られるのをきらい、つとめてそれを避けるようにしてきた。そのうち太閤が偉大になり、信長の影はかすんでしまった。ますます気楽になり、城のなかはいごこちがいい。許される範囲内で遊びを楽しむことができた。興奮することなく、ものごとをながめて楽しむ……。

そんな有楽の話を聞き、秀頼は言った。

「このお城にいて、どんな気分でした」

「ひとことでいえば、くらべようもない美しい女性といったところでしょうか。太閤さまが心の奥で夢みた理想の女性を、このような形で現実化なさった。だから、男ならだれでもほれこみます。そして、その思いがみたされないと、反対にとりつぶしたい衝動にかられる。先日の戦いで城に砲丸をうちこんだのは、且元のやったことのようですよ」

「そういえばそうだな。わたしもやさしい大きなものに抱かれてるような気分だった」

「家康も同様でございましょう。自分のものにならぬ、いとしい女性に対する思いと同じ。めざわりでならないわけでしょう。太閤さまは大変なものを作られた。三成にしろ清正にしろ、武士たるもの、その思いをこの城に寄せなかった者はいませんでしたでしょう。この冷静なはずのわたくしでさえ、信長と同じ血が伝わっているせいか、この城を支配する立場になってみたいとの衝動にかられることがありました……」

淡々とした有楽の話にうなずき、秀頼は言った。

「あなたは人生を思いのままに楽しんでこられた。徳川方に人質を出していることでもあり、つぎの戦いへ加わってくれとは申しません。京の東山にこもられ、これから茶道にいそしむとか。うらやましいことです」

「それはどうでしょうか。たしかに気楽には生きてきました。後世の人のなかにはこんな人生に共感してくれる人もありましょう。しかし、尊敬のような念は抱いてくれないでしょう。それは、この城でのいごこちのよさと保身のために、自分が旗印であることを、みずからうやむやにしたからです」

秀頼はため息をついた。

「わたくしは幼い時から世の中のことを知らされずに育てられた。自分が旗印であることに気づいた時は、もうどうにもならなかった。捨てるかどうか、自分で選ぶわけにいかなかった。あなたがうらやましい」

「お察しします。しかし、わたしは内心では、いまの秀頼さまをうらやんでいるのですよ。おわかりにならないでしょうが。まあ、そんなことはともかく、今後も、お役に立つのなら、できるだけのお手伝いはいたします。なにかございますか」

「東山なら、高台院さまの近くでしょう。万一の時には、伊勢の局とのあいだにできた美代姫を逃がしたい。高台院さまとご相談し、よろしく願います。できればの話でけっこうです。国松のことは、あなたにはたのみません。周囲に迷惑をかけるでしょう」

「美代姫さまだけでしたら、なんとかしてさしあげられましょう。京には知人がたくさんおりますから。無残な姿に変ったこのお城に、さほどなごりは感じません。しかし、秀頼さまのことだけは気になります。ずっと前から興奮と涙に縁のなくなった自分の性格が、うらめしくなります。しかし、真田幸村には、それが強烈にある。いざという場合には、あの人をたのみになさるといい。冷静なわたくしの目での判断です。幸村の指揮なら、みごとに勝利をおさめるか、はなばなしく散るかの、いずれかです。秀頼さまをうらやましく感じるのは、そこですよ。わたくしは長くは生きましたが、ずっとぬるま湯につかっていたようなものです。自分だけでなく、他人にも興奮と涙を与えることとなしに消え去るのです」

幸村

和議の血判の乾かないうちに、徳川方から要求が持ち出された。多数の将兵を召抱えたままでは、世の平穏のためにならない。秀頼は大和《やまと》のほうの城に移るべきである。その二つが内容だった。承諾できないことを知った上でのことだった。

やっと職にありつけ喜んでいる将兵たちを追い払うことは不可能だし、それを強行すれば城の内部で、血で血を洗う争いが発生する。大和へ移る件も、それで安泰という保証はなにもなかった。約束とは破られるためにあるようではないか。秀頼はひとつの旗印。移動だけですむわけがない。その完全な消滅を徳川方は望んでいるのだ。

秀頼二十三歳の三月、交渉のための使者が駿府へ何人も出ていったが、いい回答のあるわけがなかった。徳川方の軍勢はふたたび大坂へとむかってきた。一時的な和解で時をかせごうと、不眠不休で奔走していた治長は四月のはじめの夜、主戦派のだれかに切りつけられ、重傷をおった。城内においても、戦意は高まる一方だった。秀頼は真田幸村を呼んで言った。

「もはや、そちしかたのむものはない。わたしが全軍の指揮をして戦いたいのだが、その経験がまるでない。清正のすすめで武芸にはげんではきたが、戦略のこととなるとわからない。残念でならぬ」

幸村は四十五歳ぐらい。やせていたが、はがねを感じさせるからだだった。鋭い眼光と、ひきしまった口の持ち主だった。

「わたくしも一時、この城にいたことがあります。それ以来、人間として一度は死なねばならぬのなら、このお城でと思いつづけでした。徳川からのさそいを断ったのも、そのためです。堀が埋められるのを見るのは、身を切られるようでした。ですから、昨年の暮、和議の件で敵も気がゆるんでいた時、奇襲の案を申し出たのです。あのご許可がいただけたら、家康を殺せたことでしょう」

「わたしは、そのようなことのできない立場にある。もう過去を語るのはよそう……」

秀頼は、むかし二条城へ出かけた時のことを回想した。あの時、矢を投げて家康の眉間《みけん》を刺し、殺していたらどうなっていただろう。今日の悲運は避けられたかもしれない。それどころか、重成は家康の子息ふたりをその場でつかまえ、人質としたろう。清正や幸長と、その部下たちがわたしのまわりにいた。豊臣ゆかりの大名たちも存命で、天下の形勢は逆転していただろう。いつまでも残る悪評を代償としてだが。

幸村は秀頼を見つめて言った。

「お覚悟のほどは……」

「むろん、わたしはできている。母上もそのようだ。昨夜、寝所で話しあったが、千姫もこの城で死ぬつもりだと言っている。美代姫はひそかに京へ逃がした。ただ、七歳の国松のことだけが……」

「そのことでしたら、九州のほうへおのがしする準備をととのえてございます。万一の際は、上さまも……」

「わたしのことはいい。受け入れる側の人たちにまた迷惑をかける。この城の落ちる時は、わたしの終るべき時でもある」

「それをうかがい、勝利への確信がわいてまいりました。城の内外のご巡察をなさいませんか」

秀頼はその意見に従った。太閤から伝わる黄金の馬印をかかげ、色あざやかなよろいをまとい、白い馬にまたがり、重成はじめ将兵を従え、城の周囲を一巡した。もっと早く野戦の演習をしておけばとも後悔したが、それをしていたら、徳川方に開戦の口実を早く与えただけのことだったろう。

秀頼は馬上から天守閣を見あげた。それは依然として壮麗に輝いていた。これが見おさめになるかもしれない。この瞬間、まぎれこんでいる徳川方の手先に殺されてもいい気がした。そうなれば、徳川方の名はごまかしようもなく永久によごれるだろう。

幸村は秀頼に作戦の説明をした。

「堀がたのみにならぬ状態ですので、出て戦う以外にございません。詳細はわたくしにおまかせ下さい。それから城内に金銀はまだいくらか残っているようですが、もはやほとんどないと告げてあります。ですから、今後の人生は勝つ以外にない。そのことはみな知りつくしております」

「わたくしにとっても、それは同じだ」

「一方、徳川はだれも勝利を信じきっておりましょう。わたくしの部下の者を敵方の各所に散らせ、先のみえた戦いで、最後の戦死者になるぐらい損なことはない、と言わせております。このささやきが、徳川方にどの程度ひろまってくれるかです。もっと早くこれをおこなっていたら、敵の士気は一段と低下していたでしょうが……」

「いや、くりごとはよそう」

四月の末から、秀頼は本丸の大広間に馬印をかかげ、そのそばに、すわりつづけの日常だった。近くの座敷には淀君が、べつな座敷には千姫や宮内卿たちがいるはずだった。将兵たちは秀頼にあいさつをし、つぎつぎに出陣していった。それぞれ勝利か死かに賭《か》けた覚悟の視線であり、その視線を秀頼は吸収し、からだのなかに蓄積した。

そのあとは静かになり、緑の濃い葉が風でゆれる音と、セミの声とが聞こえてきた。秀頼はなにも考えなかった。過去のことも、未来のことも。考えてもどうしようのないことばかりだった。

五月に入ると、敗戦の報告がつぎつぎともたらされた。家康は、こんご戦いはない、各大名がお家安泰を考えるのなら、それを示す機会は今をおいてない、と指示したらしかった。幸村の期待は、はずれてしまった。

名のある武将たちの戦死のしらせがつづいた。そのたびに秀頼はそれらの顔を思いうかべた。みなそれぞれ、自己をなっとくのゆく形に仕上げて死んでゆく。わたしもまもなくそうすべきなのだろう。すみきった心境だった。

重成の戦死のしらせにつづき、前線から、秀頼の出陣を要請する使者がかけこんできた。秀頼は立ちあがり、だまって馬のほうへと進んだ。淀君や千姫と最後の別れをすると、このすがすがしさが乱されるかもしれない。

しかし、前日の傷のなおりきっていない治長が、それをとめた。そのほかにも、力ずくで押しとどめる者たちがあった。

「早まったことをなさってはいけません」

「いまこそ戦うべき時だ。みなの者もつづいてくれ。幸村との約束もある。それを裏切ることは、わたしの誇りが許さない」

「そのような意味でおとめしているのではございません。幸村さまの指示かどうかを、おたしかめの上でお願いいたします」

出陣をうながす使者はつづいた。しかしいずれも幸村からのではなかった。前線で敗勢にある将兵にとっては、自分のほうへ秀頼の出陣を望むのは、だれしも同じ思いだったろう。要請が多すぎ、判断に迷った。

秀頼は幸村からの使者を待つことにした。幸村なら最良の時期と場所とを指示してくれるだろう。それだけは信用できた。秀頼はまた大広間に戻った。

敵軍らしい叫び声と、銃声とが、しだいに迫ってくるようだった。どこかで火の手があがり、煙がただよってきた。敵のはなった火矢のためか、裏切り者の放火か、この本丸の一角にも火が入った。

「幸村からの指示はまだか」

秀頼がだれにともなく言った時、十五歳ほどの若い武士が、血にまみれた姿でかけこんできて、興奮にみちた口調で言った。

「幸村の一子、真田大助、ご報告に参りました」

秀　頼

「わたくしの父、幸村、ついに家康を討ちとり、その後まもなく戦死いたしました」

真田大助は言った。全能力をこの一瞬に燃焼させる勢いで突入した幸村の一隊は、家康の本陣めがけて鋭い槍《やり》となって進んだ。徳川方はひるみ、崩れて散り、家康の旗印はぶざまに倒れ、その下にいたふとった人物は、逃げまどいつつ殺された。それは影武者かもしれなかったが、父の実力を信じきって遠くからながめていた大助の目には、父が家康を討ちとったとしかうつらなかった。秀頼は言う。

「なんという、みごとさ。で、幸村殿の言い残された、わたしへの指示は」

「敵の命令は大混乱におちいりましょう。それのおさまるまで、しばしご籠城《ろうじょう》を」

しかし、ここはすでに燃えはじめている。つぎの間から、淀君があらわれて言った。

「話はお聞きしました。家康殿をのろったこともありましたが、いまやうらみも消えました。ひとをのろった者が生き残るべきではありません。炎がさかんになってきました。わたしはここへ残ります。最後のわがままです。ほかの者たちは、秀頼とともにほかの矢倉に移って下さい」

淀君の口調ははっきりし、若やいでいた。四十九歳だが、声ばかりでなく表情も若やいでいた。かつて燃える城のなかで死んだ、美しい母のことを思い出しているのかもしれなかった。城の炎は、淀君の内心で青春と直結していた。うっとりとした足どりで、激しくゆれる炎のほうに進み、周囲の者がわれにかえった時、その姿はもはや消えていた。

その場にいあわせた者たちは、べつな矢倉に移ることにした。城内は混乱の極だった。刀で切り結ぶ人たち、銃声、火と煙、矢、それらがいり乱れ、狂気だけがあたりを支配していた。だれもかれも、自分がどう行動しているのか理解していないにちがいなかった。

それらを避けながら進み、秀頼たちは小さな橋を越えた。これは極楽橋という名だったな。そんなことを、ふと思った。小さな矢倉にたどりつく。食料や銃や火薬がいくらか置いてあった。みなはそのなかにはいる。

　周囲の混乱はますます激しく、家康の生死に関係なく、城側の敗北はあきらかだった。家康が死んだとしても、その参謀たちと将軍は健在のはずだった。いずれにせよ、もはや徳川優位の態勢をくつがえすことは不可能だった。

　矢倉はかこまれ、声がかけられた。

「そこに千姫さまがおいでなら、お渡し下さい。決して悪いようにはいたしません」

　それを聞き、十九歳の千姫は秀頼に言った。

「ともに死ねとおっしゃるのなら、もちろんそういたします。でも、わたくしとしては、ごいっしょに生きつづけたい。たとえ、どんなみじめな生活になってでも。わたくしが行って、将軍である父を説得したいと思いますが……」

　見あげる視線は、女らしい純粋な愛にあふれていた。秀頼はしばらく考えて言った。

「では、そなたにまかせよう」

　千姫の顔は幸福感にみちた。侍女たちを連れて出てゆくのを、秀頼は片手を静かにあげ、笑顔で見送った。しかし、そのあと、きびしい声で大助に言った。

「だれも入れないよう、その戸に錠をおろせ」

「はい。ご立派なお覚悟です」

大助は秀頼の心を察し、内側に厳重に錠をかけ終り、その場で自害した。あの権勢を誇った家康を、父が討ちとるのをこの目で見た。その興奮と感激のさめやらぬ、楽しげな満足感にあふれた死に顔だった。

秀頼の決意を知り、宮内卿の局が自害した。子の重成が戦死したいま、もはや思い残すこともないのだった。治長にしても、その母の大蔵卿の局にしても、同様だった。秀頼も淀君も城もなくなれば、生きるべき意味も意欲も残らない。晩秋に枯葉がそっと木から離れるように、静かに自害するものがつづき、秀頼だけが最後に残った。

なんという一生だったのだろう、と秀頼は思う。いま二十三歳。正確には二十一年と九か月の人生だった。わたしをめぐって、大ぜいの人が死んだ。数えきれぬほどの人が死んでいった。わたしはこの手で他人を殺したことがなかった。だれを殺せと直接に命令したこともなかった。それなのに、なぜ……。

後世の人は、わたしを決断力のない人間だと考えるだろうか。しかし、いつどこでどう決断を下していたら、こんな悲劇を避けることができたのだろう。関ヶ原の合戦の時、わたしは八歳だった。決断のしようがなかった。家康が秀忠に将軍職をゆずった時、秀忠へのあいさつに京へ来いとの命を拒否したことがあった。あれは十三歳の時だった。母や周囲の意見にさからうことはできなかった。

寺社のために大金を使った。使わなかったほうがいい結果になっていたのだろうか。二条城で家康と対面したが、行かなかったほうがよかったのだろうか。あの対面の時、家康を殺しておくべきだったのだろうか。そうだったのかもしれないが、戦乱の世が出現していたにちがいない。

べつな城へ移れとの家康の条件に従うべきだったのだろうか。それと、冬の陣、あくまで戦い抜くべきだったのかもしれない。気になるのはこの二点だったが、その正否の判断となると、いまの秀頼にはつけられなかった。いつも、知りえた範囲内のことをもとに、せいいっぱい考えて決断したつもりだったが。

もし、あの時にああしておけば。そのたぐいの強烈な後悔の念は、どう考えても浮かんでこなかった。ということは満足すべき人生といえるのかもしれないな。問題点があるとすれば、城のそとの邪悪さを知らなさすぎた。それを知る努力をすべきだったのだろうが、この城はあまりにいごこちがよく魅力的だった。すべてはこの城のせいだ。

しかし、城をうらむ気にはなれなかった。有楽が言ってたように、この城は比類なき女性。思いを寄せた男、それが屈折して憎しみを抱いた男、いずれも多かったことだろう。だが、城が愛してくれたのは、このわたしだけのはずだ。秀頼は小さな窓からながめた。城は赤く燃えつづけていた。あの城こそわたしなのだ。城は炎のひとひらを窓のなかに送りこんできた。

秀頼はあたりをさがした。だれが持ちこんできたのか、小さな箱があり、なかにはむかし諸大名が、太閤にさし出した血判のある誓紙の束が入っていた。秀頼はその紙を手に、炎の火を移した。誓紙の束の炎は勢いづいてきた。それを持ち、矢倉のすみへと歩く。人生の最後の歩みだった。

過去のことが回想された。公卿《くげ》になるよう育てられたこと、清正にすすめられて武芸にはげんだこと。側室のこと、ランの花のにおう千姫の寝所をはじめておとずれた夜のこと。思い出しながら、なにかがおかしかった。その理由に、すぐに気がついた。そうだったのか。わたしは、話に聞く太閤の人生を、逆にたどらされてきたわけだな。

邪悪さの存在を実感したのは、ついこのあいだだ。普通の人なら幼時に体験することだろう。わたしの人生は、なにもかも他人と逆だった。それならば、いまにたどりつこうとしている死は、死ではなく誕生ということになる。城という胎内からの出生。いごこちがよかったのは、母体のなかにいたためだろうな。

いずれにせよ、いますぐ、大きなうぶ声があたりにひびくことになるよ。

秀頼はあどけなく笑い、手に持った燃えている紙を、そこに貯蔵してあった火薬の箱のなかに落した。

春風のあげく

北国のある藩。そこの気候の特性として、春の本隊は突然にやってくる。どんなふうに形容したものか……。

暖かさは何回も攻撃をしかけるのだが、すでに桜も散ったというのに、まだいすわっているうすら寒さは、容易なことでは退こうとしない。しかし、それがある日、春が冬の布陣を一気に打ち破り、押し寄せ、寒さの残党をことごとく追い払ってしまう。

いくらかのしめりけを含んだ南風は、空気を大地を植物を建物を、動物を人間を、なにもかもふくらませようとしている。木々の若葉は、なにかに酔いながら香気を発散しはじめる。

そんな日の夜。闇は、昼やたそがれよりさらに一段と、なまめかしくあたりを包む。静かさのなかで、小さなものがいっぱいうごめいているような感じ。はるか遠くで、雷がかすかに鳴っているらしい。

茂みのなかで、若い男女が愛をかわしあっている。暖かさのリズムに共鳴しているようで、ごく自然だった。しかし、この二人のあいだがらは、決して自然とはいえないものだった。興奮の去ったあと、若い男は言う。

「千代さん。とんでもないことをしてしまいました。許すべからざることを。わたしの意志の弱さのため、こんなことに……」

冷静さをとり戻した男の声はふるえていた。顔は青ざめているにちがいない。千代という女は言う。

「さからわなかったわたくしも、いけなかったのですわ。忠之進さま。生き物のような、この暖かい闇。その魔力のせいですわ」

「そうかもしれない。しかし、してしまった行為への責任はとらなければならない。わたしは腹を切らねばならない」

しばらくの沈黙ののち、女は言う。

「それだけは思いとどまって下さいませ。忠之進さまは、それですむかもしれません。だけど、そうなったら、わたくしも生きてはいられません。その覚悟はできております。しかし、ことはそれでもすみません。表ざたになったら、あなたのお家もおとがめを受ける。し断絶となりましょう。わたくしの家も同様。わたくしの伯母もまた、責任をとらなければなりません。うわさはかくしようがなく、藩内のさわぎはとめどなく大きくなり、他藩の笑いものになるかもしれません」

忠之進はうなずき、ことの重大さをあらためて実感し、身ぶるいした。考えこむ時の癖で、右手の親指と人さし指とを無意識のうちにこすりつづけたが、いい案も浮かんでこなかった。

「どうしたものだろう。わたしには判断がつかない。千代さんといっしょに、このまま遠い他国へ逃げたいと思うが……」

「そんなこと、できるわけがありません。かりにそうしたところで、あとの人たちの責任問題は同じことでしょう。おだやかにおさめるには……」

「なにか方法がありますか」

「わたくしたち二人が、だまっている以外にございません。わたくしは決して、いまのことを他人に話しません。忠之進さまも秘密をお守り下さいまし」

女性には妙に現実的な一面があるのだろう。大胆なこの千代の言葉を、忠之進はいささかあしらいかねた。しかし、どう考えても、それ以外に道はなさそうだった。

「そうかもしれない。わたしも武士のむすこ。誓ったからには絶対に口外しない。しかし、それで無事にすむだろうか」

「やってみる以外にございません。切腹なさるのは、だめとわかってからでも、おそくはございません……」

春の闇のなかで、二人の会話はつづいた。それがとぎれ、静かさがつづき、忠之進は別れがたい思いをこめて言う。

「千代さんとは、もうこれで会えないわけですね。なごり惜しい」

「それはわたくしも同じこと。しかし、なにごとも藩のため。わがままは許されません。

この秘密の思い出を胸に、わたくしは今後を生きてゆきます」

「わたしもそうだ。だれもがやりたいことを勝手にしはじめたら、収拾がつかなくなる。このような世に生まれあわせてしまったのだ。では、千代さん、しあわせに……」

「はい。忠之進さまも、おからだにお気をつけ遊ばして……」

千代は身づくろいをし、歩み去っていった。忠之進はしばらくそこに残り、甘美な思いと罪悪感、不安と勝利感、それらのまざった複雑な別れの悲しみを整理しかねていた。暖かさにみちた空気を、呼吸しながら。

「この気候のせいだ、気候のせいだ……」

何度もそうつぶやかずにはいられなかった。また、たしかにその通りでもあった。


忠之進は十九歳。準家老格の家柄だった。藩の国家老の定員は四名。そのうちの三名は家柄で世襲となっている。あとの一名は、準家老格の家柄の数家のうちから、功績によってえらばれる。家老格につぐいい家柄だった。

忠之進の父は、寺社奉行から勘定奉行になったばかり。これから手腕を示せば、やがては家老になれるかもしれない。実直な性格。実直だから大きなまちがいはしないだろうが、そのかわり見事な実績をあげえないかもしれない。父は忠之進によく言う。

「わしは殿のため藩のために、せいいっぱい働いているつもりだ。しかし、才能には限界がある。家老にはなれないだろう。なったとしても、実直だけではあまりお役に立てない。おまえはよく勉強し、家老となって、将来は藩の向上につくすのだぞ」

「はい」

忠之進はひとりっ子。そう期待されるのも当然だった。しかし、親子ともどものお城づとめは、家老格以外の家柄では、原則としてできないことになっている。父が隠居するか死ぬかするまでは、武芸と勉学にはげむ以外することがない。忠之進は幼時からずっとそれをつづけてきた。道場や藩校にかよい、帰宅してからはその復習をする。平凡な毎日だったが、将来が保証されているだけいいといえた。二男か三男だったら、養子の口をさがさねばならず、それにありつけなかったら、お城づとめできずに一生を部屋住みで、なにもせずにすごさねばならない。

忠之進には武芸の素質があまりないようだった。いっこうに上達しない。そのため、学問のほうに重点がかたむき、武芸のほうはおろそかになりがちだった。いまの世は、武骨だけではだめなのだ。それがそんな自分への弁解でもあった。

忠之進の家の庭はかなり広かった。梅だの椿だのの木が何本も植えてある。そして、土塀があり、そのむこうがとなりの家の庭。千代は、その家の娘だった。おたがいに幼なじみ。両方の家どうしも仲がよく、境界の一部は生垣となっている。忠之進も千代も、それを越えて行ったり来たり、兄妹のように遊んですごしたものだ。千代には二歳下の弟がおり、それが仲間に加わったりもした。

男女七歳にしてとはいうものの、となりにいる幼なじみとなると、そのけじめはつけにくい。しかし、十代のなかばを過ぎると、忠之進は意識するようになってきた。千代が美しく成長してきたのだ。動作がしとやかになり、どことなく女らしさが加わってくる。

忠之進の胸のなかで、それが恋人に変っていったのも無理はない。

「千代さんはなかなかの美人だ。藩内一ではないだろうか」

そんなうわさを耳にすると、彼は誇らしい気分になる。家格は忠之進のほうが上、千代を嫁に迎えるのに問題はないはずだ。また、千代には弟がおり、よそから養子を迎える必要もない。千代との結婚に障害はなにもない。いいかわしたわけではなかったが、彼は心のなかでそうきめていたし、千代のほうも忠之進をにくからず思っている。あとはただ、父母にいつ切り出すかだけだった。父母の反対も考えられない。その安心感が、なんとなく具体化をおくらせていたといえた。

しかし、なにか様子がおかしくなりはじめた。彼が庭を歩き、生垣のところまで行っても、そのむこうに千代の姿を見かけない日がつづいた。ふつうなら、日課のように千代があらわれ、短い会話をかわすのだが。

会えない日が五日ほどつづいた。それに、気のせいか、千代の屋敷のなかにあわただしさが感じられる。忠之進はなんとなく不安だった。なにごとだろう。といって、玄関から訪れて聞くのもどうかと思う。

藩校からの帰途、忠之進は千代の弟の良之助に会ったのをさいわい、それとなく聞いた。

「千代さんはお元気ですか」

「はい」

「このところ、お忙しいのでしょうか」

「じつは、わたしの姉上は、このたび側室としてお城の奥御殿にあがることになったのです。そのための準備なので、いろいろ、とりまぎれております」

衝撃的な話だった。忠之進は思わず聞きかえす。

「え、千代さんがお城へ……」

「はい。わが家にとって光栄なことと思っております。お殿さまと江戸の奥方さまとのあいだには、まだお子さまがおできにならない。家臣一同、このことだけが気がかりです」

「そうですね」

この藩はたいした事件もなく、平穏そのものだった。殿は三十歳、暗愚ではないが、さほど明君でもなく、ほどほどだった。ただし、まだ世つぎのないことだけが問題といえた。良之助は言う。

「どこかの大名家から養子をお迎えになればすむことですが、わたしたち家臣としては、なるべくなら、これまでつづいてきた、お殿さまの血のつながりを絶やしたくない。そこで、姉上が側室の候補にあがったのです」

「そうとは知りませんでした。ご両親は、さぞお喜びでしょう」

忠之進はお祝いを言った。失意の言葉を口にするわけにはいかない。

「はい。ありがたいことだと申しています。お断わりできるものでもありませんし」

「それは当然です」

殿さまからの指示にさからうことはできない。謝絶したりすれば、殿の不興を買い、いい役職につけなくなる。逆にお受けしておけば、なにかと有利になる。良之助は将来のことを考えてか、満足そうな表情だった。

忠之進にはこのいきさつの察しがついた。千代の伯母が中奥《なかおく》にあがっている。いちど結婚したが夫に死なれ、奉公にあがった。しだいに働きをみとめられ、老女という地位についた。中奥とは、殿の私生活に関する女性たちのいる一画。その取締りをおこなう責任者を老女と呼ぶ。側室を推薦するとなると、その発言力は大きい。親類のなかからそれを出したくもなる。

まして、千代は藩内でも美人のうわさが高い。城内での行事の時に殿の目にとまるようしむけ、うまく運んだにちがいない。反対する者も出なかったのだろう。千代と忠之進とのことなど、だれも知らない。げんに、この良之助も、二人がにくからず思いあっていたことを、気づいてなかったようだ。良之助は武芸が好きで、微妙な神経を持っていない性格でもあった。

「なにしろ、おめでたいことです。わたしからも千代さんにお祝いの言葉を申しあげたい。しかし、玄関からうかがうのもかたくるしい。生垣ごしにでも、ごあいさつしたいものですね」

「姉上に伝えておきます。お城へあがったら、もう会う機会もなくなるわけですし」

良之助と別れて帰宅した忠之進は、部屋にとじこもり、気の抜けたようにすわりこんだ。なんということだ。こうなるのだったら、千代との結婚を早いところ父母に申し出て、ことを進めてしまえばよかった。しかし、もはや手おくれ。ほかの縁談ならともかく、殿の側室を横取りすることなど、できるわけがない。あきらめる以外にない。

といって、あきらめきれるものでもなかった。日ごろ武芸にはげんでいれば、克己心が身にそなわり、お家のためといさぎよく忘れることもできただろう。しかし、彼は読書好きであり、さまざまな思いが頭にわき、心の未練をどうしようもなかった。千代と楽しく遊んだ幼い日々のこと、恋心をこめてかわしあった短い会話のかずかず、それらがつぎつぎと回想される。

夕方、忠之進は庭へ出た。生垣のほうへしぜんに足がむく。しばらくたたずんでいると、千代がさりげなく歩いてきた。なんだかとても美しく見えた。彼は言う。

「このたび、お城へあがられることになったそうですね」

「はい」

「お祝いを申さなくてはいけないのでしょうが、すなおに口から出てきません」

「それは、わたくしも……」

千代は短く言った。どんな人物なのか見当もつかない殿さまに対してより、昔から知っている忠之進に対してのほうが、はるかに親しさを感じる。彼女の目のあたりの表情にも、それがはっきりあらわれている。彼女はつけ加えた。

「……父が承知してしまいましたので」

殿の意向となると、絶対的でいやもおうもない。それへの残念さをこう言いあらわした。その感情は彼にも伝わった。

「わかっています。で、いつお城へあがられるのですか」

「四日後となっています」

「あすの夕方、もう一回だけここでお会いしたいものです」

「暗くなってからのほうが、人目につかなくてよろしいんですけど……」

その約束をして、二人は別れた。その夜、忠之進は眠れなかった。明るいものと思いこんでいた人生の道の前方が、不意にふさがれてしまったくやしさ。いつでも収穫できるはずだった果実が、急に手のとどかない高さにあがってしまった形勢逆転についての不快さ。千代と会えなくなることへのなごり惜しさ。それらの思いがいりまじり、彼は何度もため息をついた。

そして、つぎの日。この地方に暖かい空気がおとずれた。前日までのように寒さの残る夜であったら、なにも起らなかったにちがいない。肌をむずむずさせるような空気は、忠之進の自制心をとかし、生垣を越えさせた。千代もこばまなかった。気候のせいにちがいなかったし、彼の若さのせいでもあった。

千代を自分から取りあげようとする力への反抗、それをおこなったことで忠之進は一瞬の勝利感を味わった。しかし、そのあと罪の大きさにおののかなければならなかった。自分ひとりの切腹ではすまない。千代も手討ちになるだろう。千代の伯母も責任をとらざるをえない。両方の家は断絶になるだろう。彼の父、勘定奉行が在職中に切腹となると、ことは内輪ではすまない。うわさは他藩にもひろまるだろう。金銭でかたがつく町人の世界とはちがうのだ。

たしかに、千代の言う通り、秘密を守る以外に方法はないようだ。それでうまくゆくものかどうか、忠之進にはまるで自信がなかったが。

それ以来、忠之進は千代と会わず、千代はやがて迎えの乗り物でお城へあがった。彼は見送りもせず、ひとり部屋にとじこもり、何日かをすごした。読書の姿勢をとっていたが、文字は少しも目に入らなかった。

父母はそっとしておいてくれた。千代への忠之進の思いをうすうす知っており、それとなく同情してくれたのだろう。しかし、彼としては、千代への未練もさることながら、発覚への恐怖もまた強かった。父母を巻きぞえにすることになりかねない。

食欲も出ず、眠りも浅かった。家に来客があるたびに、びくりとした。毎晩のように切腹の夢を見た。十日たち、彼はいくらかほっとした。まだなにごとも起らない。千代が秘密を守り抜いてくれたのだろう。

しかし、漠然とした不安はなかなか消えない。お城をながめるたびに、それを感じる。中奥に関しては、どうなっているのかまったく知らないため、理性で不安を押えることができないのだった。

千代とのことがあってから、ひと月が過ぎた。忠之進は父に言った。

「ずっと藩校で学んできましたが、もっと新しい知識をえたいと思います。しばらくのあいだ、江戸へ勉強に行きたいのですが」

「それもよかろう。勘定奉行をやってみてわかったが、わが藩の財政は決して楽でない。これをたてなおすためには、いままでのやり方ではだめだ。なにかその方法を学んできてくれ」

父は承知してくれた。わが子の傷心をいやす役に立つかもしれないと思ってのことだろう。それには、しばらくここをはなれるのもいいだろう。そんないたわりの感情のこもった口調だった。

「お許しいただいて、ありがとうございます。必ずなにかを学んで帰ります」

「江戸屋敷への手紙を書いてやる。なにか便宜をはかってくれるだろう」

父はいくらかの金を用意してくれた。上級藩士であり、それぐらいの余裕はある。忠之進はさっそく出発した。

藩を出て江戸への道をたどりはじめると、またべつな不安が彼をおびえさせた。ひそかに藩の命を受けた刺客《しかく》に、途中でばっさりとやられるのではないか。藩内での殺しとなると、おだやかでない。しかし、藩外の街道でとなると、ことを闇から闇へ葬るにはぐあいがいい。それを反対に討ちとるだけの力は、彼にはなかった。

急ぎ足で道中をつづける以外にない。時どきふりかえり、武士の姿をみかけると、さらに足を早めた。

江戸へ着いても、すぐ藩の江戸屋敷へ行ったものかどうか迷った。しかし、闇討ちにあうとすれば、どこにいても同じこと。ずっと逃げつづけられるものでもなく、逃げたりするとかえって不審に思われるかもしれない。闇討ちにされるほうがいいともいえる。正式の処罰だと父母にも罪が及ぶが、闇討ちならそれは避けられるだろう。思い切って出むき、父からの手紙を出すと、それを読んだ江戸家老は言った。

「これはこれは、勘定奉行殿のご子息か。江戸で勉強をするとは、けっこうなことだ。この屋敷内に、部屋がひとつあいている。そこに住むといい」

「ありがとうございます」

忠之進はそこで生活をはじめた。国もとからの飛脚がつくたびに、動悸《どうき》が高まった。しかし、なにごとも起らなかった。藩から処罰の通告が来るとすれば、それには理由を明記しなければならず、殿の側室に手をつけたとは書けない。理由なしでは、関係者が不審の念をいだき、憶測の会話がかわされ、よからぬ結果となる。そんな事情で無事なのだろうか、と彼は思った。

忠之進は勉学にいそしむことにした。師について学ぶばかりでなく、町人にまざって、そろばんの塾へもかよった。これはなかなか楽しかった。計算の面白さを知ったばかりでなく、商人の考え方に接することができた。また、不安を忘れるには、他のことへの熱中が最もいい。


やがて、殿が参勤交代で国もとから江戸へと移ってきた。迎えの列のうしろのほうから、忠之進は殿を見た。彼はまだ殿と直接に話のできる身分ではない。殿はのんびりとした表情をしていた。忠之進はあとで供の者に聞いてみた。

「殿のごきげんはいかがですか」

「大変よろしい。家臣としてありがたいことです」

それを聞き、彼は殿が千代に満足したためかと嫉妬《しっと》を感じた。しかし、それ以上にほっとした。さらに千代のことを聞いてみたかったが、それはやめた。中奥のことは話題にすべきでないし、そんなことを聞いたら変に思われる。また、側室のことなど、だれも知らないのが普通だ。しかし、殿のごきげんがいいということは、千代のことが発覚していないと判断していいわけだろう。彼はさっきの殿の表情を思い出し、申しわけないような、一矢むくいたような気分になった。

それから何か月かたち、江戸屋敷のなかにざわめきがひろがった。屋敷内の者たちに、酒がくばられた。忠之進は聞く。

「どういうことなのですか」

「お祝いです。国もとで、ご側室のお千代さまが男子をおうみになられた。お世つぎができ、これでお家はひと安心といえます」

「それは、おめでとうございます」

忠之進は安心感とともに酒を飲んだ。はじめて千代の消息に接した。千代が手討ちにされたのではという不安も消えた。世つぎをうんだとなれば、今後もその心配はない。千代はうまく秘密を守ってくれたようだ。わたしも安心していい。久しぶりに気分の晴れる思い。春風のような酔い心地だった。そんな気分のなかで、あることが彼の頭に浮かんだ。その世つぎ、もしかしたらわたしの子ではないのだろうか。その想像は、彼を目のくらむような驚きにみちびいた。あまりにことが大きすぎ、彼の常識では扱いきれない問題だった。考える時の癖で、右手の親指と人さし指とをこすりあわせている。しかし、そうなのかどうか、たしかめようがない。そうでないと考えておく以外になかった。

その雑念を払おうと、彼はさらに勉学にはげんだ。財政にくわしい師のいる塾へ入り、そこで教えを受けた。こうまで勉学に熱中できたのも、もとはといえば、あの千代とのことといえないこともなかった。なにが人をかりたてるか、偶然とはふしぎなものだ。

三年ほどのあいだ、忠之進は江戸にいた。

二十二歳になり、彼は帰国するため、江戸家老にあいさつをした。すると、殿が目通りを許すと言っていると告げられた。まだ家督をついでいないが、家柄がいいので特に許されるとのこと。家老に紹介され、忠之進は殿の前で平伏した。殿は言う。

「江戸で勉学をしたそうだが、どのようなことを学んだのか」

「はい、藩をゆたかにする方法についてでございます」

「それはいいことだ。そちの父も勘定奉行として、いろいろ苦労しておるようだ。これからの藩にとって、それは重要であろう」

「はい。帰国いたしましたら、父にもいろいろと知識を伝えたいと存じております」

破格の言葉をいただき、忠之進は恐縮した。殿さまはおっとりしている。わたしと千代のことなど、まるでご存じない。彼はその風格にうたれた。血統と生まれながらの気品がある。この殿のために、藩のためにつくそう。それがわたしにできる唯一の罪ほろぼしだ。藩に帰り、お城をながめた時、忠之進は千代のことをあらためて思い出した。あのなかで、千代はどう生活しているのだろう。しかし、会えるものでなく、ようすを聞くこともできない。中奥という場所は完全な別の世界なのだ。

そのうち、千代が女子をうんだとのうわさを聞いた。大名家においては、女子の誕生はあまり意味を持たず、藩内ではさほど話題にならなかった。

それからまもなく、出産後の経過がよくなくて、千代が死亡したとのうわさを耳にした。いかに世つぎをうんだといっても、側室は殿と主従の関係にあり、公式な行事はなにもなかった。寺に埋葬され、小さな墓が立てられただけ。

忠之進はひとり、その墓にもうでた。さまざまな思いが胸のなかにわいてくる。ともに遊んだ幼い日のこと。なによりも忘れられない、あの春の夜のこと。お城で幸福だったのだろうか。殿の側室にならなければ、いまはわたしといっしょになっていて、平穏な生活をすごしていられただろうに。さからえない力で人生の道を分けられてしまった。

「千代さん、あの世つぎはだれの子なのです……」

彼は墓にむかって小声で言う。これが最も知りたいことなのだ。しかし、墓はそれに答えてはくれない。

それからしばらく、また忠之進は気がかりな日をすごした。死ぬ前に千代が、秘密を告白したのではないかと。しかし、べつになんということもなかった。他人に迷惑を及ぼさないよう、彼女はだまったまま世を去ったのだろう。忠之進は、千代の墓へもうでることを、それ以後やらなかった。しげしげとかよっては、変に思われるきっかけとなりかねない。

つぎの年、二十三歳になった忠之進は結婚をした。相手は家老の娘。悪くない縁談だった。おとなしい性格で、とくに美人でもなく、千代にも似ていなかった。べつに感慨もなかった。千代のことなど、もう忘れたほうがいいのだ。世つぎがだれの子かなど、考えはじめればきりがなく、そして結論は出てこない。この結婚を両親は喜んでくれた。

平穏無事な日々が、彼のまわりでくりかえされた。ずっとこの調子なのだろうか。そう思いかけた時、彼にとって衝撃的なことがおこった。

世つぎである四歳になった若君が、江戸屋敷へ移ることとなり、それが発表された。江戸の正室に男子がうまれれば、そのほうが相続の優先順位を持つが、もはや三十歳をすぎ、殿と寝所をともにすることが許されず、その可能性はない。江戸の側室の子は女ばかり。したがって、千代のうんだ若君が世つぎの第一候補となる。それはなるべく早く江戸に移すのが慣例となっている。教育上いいばかりでなく、幕府に対して忠誠を示すためでもある。

その行列が城を出るのを、忠之進はながめ、思わず息をのんだ。手を引かれた若君が歩いて乗り物にのるまで、ほんのちょっとを見たにすぎなかったが、顔、からだつき、動作、それらから彼は直感した。あれはわたしの子だ。理屈を越えたものがあった。忠之進の頭に血がのぼった。えらいことになった。殿の側室に先に手をつけただけなら、まだ良心へのいいわけもできる。しかし、わたしの子が世つぎとなるとは。藩をあざむき、幕府をもあざむくことになる。

大声で叫びたい気分だったが、そんなことはできない。武士として、はしたない行為だ。いかなる時でも、内心はどうあろうとも、きまじめで深刻そうな表情をしていなければならない。子供の時からのしつけで、身についてしまっている習性だ。

えらいことになってしまったといっても、いまさらどうしようもない。告白してもだれも信じないだろうし、信じる者があったりしたら、藩内が大混乱になる。事態はすべて自動的に進みはじめているのだ。

忠之進はお城づとめをすることになった。父はあと一年で隠居し、お城づとめをやめると藩に申し出をし、特例として親子ともどもの出仕が暫定的に許された。仕事の見習いのためだ。忠之進は記録係の一員となった。いそがしい職ではなく、書類の整理のかたわら、これまでの藩のさまざまな記録を調べることができた。また、その記録の照合のため、藩内をまわってたしかめることもできる。藩の実情がのみこめてくる。

父に対し、彼は家で以前から、いろいろな助言をしていた。江戸で学んだ知識をもとに、ささやかな改革案を話したのだ。父に関して、無能だとの評がひろまっては困る。あとをついだ時に、忠之進の昇進にさしつかえる。父は家老となる望みをあきらめたが、わたしはちがう。家老になりたいし、ならねばならない。できうれば、城代家老にならねばならぬ。なぜなら、自分の子がやがてここの藩主になるのだから。

記録係として得た知識をもとに、忠之進は父にさまざまな疑問点をただした。その会話のなかで、父は勘定奉行としての体験を彼に説明してくれた。藩の実情について、彼はさらにくわしくなった。

お城づとめをしながら、忠之進は記録文書をつぎつぎに調べていった。もしかしたら、中奥についての記録もどこかにあるのではないかと、それが気になったのだ。しかし、なかなかみつからなかった。それはまったく管理が別なのだろう。費用の支出の記録があるだけだった。彼は内心をさとられぬよう、同僚に聞いてみた。

「お城づとめの女性たちの記録はないのか」

「中奥のことか。そんなもの、あるわけがない。お城でも江戸屋敷でも、その記録は中奥で保管されている。ここにあるものといえばここの中奥に採用された者と、おいとまをもらった者、その名前のひかえがあるだけ。どうなっているのかは、さっぱりわからない」

その文書を見せられたが、簡単なものだった。しかし、忠之進はそのあとのほうに、千代の伯母で老女の職にあった女の名をみつけた。

病気のため職をやめ、いまは城下の小さな家に住んでいるらしい。中奥づとめの上のほうの地位の女は、原則として一生奉公だが、江戸屋敷とちがって国もととなると、必ずしも厳密でない。

彼はその文書を、すぐにもとへ戻した。しげしげながめていては、つまらぬことに好奇心を持つやつだと軽蔑《けいべつ》される。千代の伯母の城外にいることがわかったのだし、それは収穫だった。

しかし、たずねていっていいものかどうかとなると問題。かえってことを荒だててもよくない。といって、気になることでもある。考えはじめると、彼は仕事が手につかなくなってきた。

ついに意を決してというべきか、衝動的にというべきか、ある日、通りがかったついでに立ち寄ってみた。五十歳をすぎた婦人で、使用人の女ひとりとともに、ひっそりと暮していた。忠之進は名を告げ、あいさつをする。

「わたしは記録係をつとめる者です。正確を期すため、照合をおこなっております。最近、お城づとめをおやめになったのですね」

「はい、このところ足腰が痛み、思うように歩けません。仕事もできず、ほかのかたに迷惑をおかけするばかり。中奥の一室で養生をしてもいいのですが、みなさんにきがねさせては気の毒と思い、おいとまをいただいたのでございます」

その女はほとんど表情を変えなかった。

「ご側室だった千代さまのお墓におまいりなさいますか」

「一度だけまいりました。なにしろ、歩くのがつらいものでございまして」

忠之進は注意ぶかく見つめていたが、女の表情からは手がかりとなるような反応はえられなかった。女ばかりの場所を管理する責任者。女性特有のいろいろな感情のぶつかりあいのなかにあって、長い年月にわたって仕事をつづけてきた。なまじっかなことで、感情を表面にあらわさない習慣が第二の天性となってしまったのだろう。

そのほか、彼はそれとなく、あれこれさぐりを入れてみた。しかし、女の口はかたかった。中奥については口外できないことになっており、当然のことだった。あきらめて帰りかけた彼に、女は言った。

「忠之進さまと申しましたね」

「はい」

「お千代の方さまの、となりのお家にお住まいでしたか」

「はい、それが、なにか……」

「なくなられる前に、おっしゃった言葉があります。忠之進という人にもし会うことがあったら、お家のため忠義を忘れぬよう伝えてほしいとのことでございました。中奥のできごとは外部にもらさぬよう、わたくしたち、おつとめに上る時に誓約しておりますが、最後のお言葉ですし、さしさわりのない内容ですので、お知らせしておきます」

「それは恐れ入ります」

忠之進は答えた。意味深長、どうにでもとれるものだが、彼にはぴんときた。千代は、若君がわたしの子であることを知らせたかったにちがいない。

それにしても、この女、なにかをうすうす知っているのだろうか。うすうすどころか、見抜いていたのかもしれない。しかし、千代を側室に推薦した責任上、表ざたになったら大変なことになる。その大きな権限を利用し、すべてをとりつくろったのかもしれない。そのため、いいしれぬ苦労をしたのかもしれないし、その気になれば、老女という地位だと容易なことなのかもしれない。そのへんの事情となると、忠之進には想像もできなかった。

あるいは、千代と忠之進のことなど、まるで気づかなかったのかもしれない。なにしろ、この老婦人の表情と口調には、そっけなさしかなかった。

「おじゃまいたしました」

彼は引きあげることにした。帰途、歩きながら考える。若君がわたしの子であるとの確信は、さらに強くなった。そして、いまの女の口を封じておいたほうがいいのかどうかも考えた。いや、ほうっておいてもいいだろう。しゃべれば当人にまで責任が及んでくる。

真相を知っていたとしても、他人に話すわけがない。むしろ、あの女としては、わたしがしゃべることのほうが心配だろう。

やがて、父がお城づとめをやめて隠居し、忠之進が家督をついだ。それにともない、彼は記録係から、勘定奉行の補佐役というべき地位に移った。父から藩の財政のあらましを聞いて知っている。だから、盗賊奉行から移ってきた新任の勘定奉行より、忠之進のほうがすべてにくわしかった。

がむしゃらに働くことを、彼はしなかった。それをやると、ただの便利な人間という扱いを受けてしまう。それではいけないのだ。もっと責任ある地位についたら、さらに役立つのではないかとの印象を、他人に与えるようにしなければならない。

なにはともあれ、家老にならなければならない。そして、城代家老の地位を手にしなければならない。なぜなら、わが子が将来、ここの藩主になるのだから。それを助けるのに、わたし以上にふさわしい人物はいないはずだ。そのためには昇進をしなければならず、いくらかの計略はやむをえない。

自分の仕事を適当にやりながら、忠之進はひとつの計画をたてて意見書を作った。城下に、領民たちに技術を教える塾のようなものを作ったらいいという案。技術といっても、日用品のたぐいの作り方を教えるといったていど。しかし、それだけ他国から買わなくてすむことになり、藩のためになる。建物ひとつと、教える役の職人を呼ぶ費用だけでいい。領民に学問を教えると変に理屈をこねはじめうるさくなるが、手先の技術だけなら有益無害。

上役の勘定奉行に説明すると、悪くないだろうと言う。妻の父が家老でもあり、その口ぞえで、殿にとりついでもらった。それは許可になり、忠之進はその担当を命じられた。成果は順調で、藩のためにいくらか利益をもたらし、領民たちには感謝され、名をあげた。

しかし、彼のねらいは別なところにあった。関西の商人からの借金の返済期限が、まもなくくる。その時、勘定奉行の配下にいると交渉の役を押しつけられ、うまくいって当然、失敗すれば責任を問われる。

予想どおり、勘定奉行はその件で頭をかかえはじめた。盗賊奉行としては優秀だったが、このたぐいのこととなると、ただうろうろするばかり。忠之進は内心しめたと思う。出世のためには、これぐらい人が悪くてもいいだろう。

やがて、彼は城代家老に呼び出された。

「そちの計画は、うまく進んでいるようだな」

「はい。わずかですが藩のためにはなっておりましょう。わたくしとしても、やってよかったと思っております。これもご家老さまたちがお許し下さいましたからで……」

「ところでだ、いま勘定奉行が、借金のくりのべで困っている。なんとか手伝ってやってはくれまいか」

「わたくしに出来ますかどうか。それに、わたくしが交渉しましては、勘定奉行さまのお立場がなくなりましょう」

「そんなことはいっていられないのだ。へたをしたら、勘定奉行が切腹しかねない。そして、切腹して借金が片づくものでもない。利息を払うだけで、返済ひきのばしの話をつけてもらいたいのだ」

「しかし、うまくいかなかったら、こんどはわたくしが切腹……」

「いや、そうはさせない。決して悪いようにはしない。行って交渉してきてくれ」

「自信はありませんが、そうまでおっしゃるのでしたら……」

忠之進はもったいをつけて承知し、供を連れて出発した。そうむずかしい仕事でないことは、前からわかっていたのだ。遊びながら関西見物をやり、そのあと簡単に片づけた。返済をのばしたばかりか、さらにかなりの金を借り出すことをやった。たねをあかせば、いままでの利息の率が普通より高すぎたのだ。その点を指摘し、利息の安いほうに借りかえるぞと言うと、相手はさらに金を貸してくれることで、実質的な利息の引き下げという形にしてくれた。なにしろ、これまできちんと利息を払っているのだから、悪い債務者ではない。

こういう交渉ごとは、ひたすら保身を考えるとうまくいかないものだが、忠之進の場合、つぎの殿になるわが子のためというわけで迫力もあった。

この成功で、彼は勘定奉行の地位についた。異例の昇進だった。新しく借りてきた金のうち、半分は不時の用意に残し、あとの半分で藩内の河川を修理した。洪水の心配がなくなったばかりか、舟の通行が可能になり、その舟から通行料を取り立て、それは藩の収入となった。

ことはすべて春風のごとく順調だった。だが、彼はあまりいばらなかった。殿は参勤交代で江戸と国もとと、一年おきにすごしている。忠之進はなにごとも、家老を通じて報告した。殿と顔をあわせると、いささか良心がとがめる。

そして、それが他人にいい印象を与えた。殿と直結すると、寵愛《ちょうあい》をいいことに好きなことをやっているとの、評判がひろまる。だから彼の働きは純粋に藩のためを思ってのものと、だれもが受けとった。

「なにも、ああまで熱心に働かなくてもいいだろうに」

という尊敬の念のこもったうわさが伝わってくる。彼がつぎの殿のために働いているのだとは、だれも知らない。これが忠之進の生きがいであり働きがいなのだが。

彼はまた、勘定奉行という地位にありながら、私腹をこやすことがなかった。その気になれば容易なことだ。しかし、けちなことをしなくたって、やがてはすべてが自分の支配下に入るのではないか。これまた、他の者にはそんな内心がわかるわけがなく、ふしぎがりながら、ただただ感心するばかり。

財政に余裕ができると、それで新しい農地を開発し、収穫高をあげていった。彼の功績はあきらかだった。数年後は家老に昇格した。準家老格の家柄でもあり、どこからも文句は出なかった。

家老になると、藩政の全般についての報告を受けられるし、意見ものべられる。忠之進はもはや、かつてのように発覚への不安におびえることもなくなった。だれかを処罰するには、家老の承認がいる。だれかをひそかに闇討ちするのも、家老の決定がなければならない。

忠之進は事務の連絡と報告のため、江戸屋敷へと旅をし、そこで若君に会うことができた。殿は若君を連れてきて、彼に紹介した。

「そちははじめてだろう、これが若だ」

十歳ぐらいに成長しており、にこにこしていた。忠之進は平伏して言う。

「おすこやかに成長なされ、恐悦至極に存じます」

そっと見あげる。千代に似たところもあるが、たしかに自分にも似ている。殿に似たところはなかった。彼は心のたかぶりを押えるのに苦心した。しかし、殿はそんなことに少しも気づかず、きげんがよかった。

「なあ、若、この人は最もたよりになる家老なのだよ。よく藩につくしてくれるよう、おまえからも声をかけてあげなさい」

若君は言った。

「よろしくたのみます」

ひとなつっこい声に、忠之進はぞくっとしたものを感じた。親子の情愛が交流しあったように思えた。彼は身を進めて言う。

「はい、若君さまのためとあらば、わたくし命にかえてもおつくし申します」

事実、そのためにこそ、こう努力しているのだ。殿は口を出した。

「おいおい、わしのことを忘れては困るな」

「申し訳ございません。殿に対しましては、いまさら申すまでもないことで……」

「わかっておる」

人のいい殿は、世つぎへの忠誠の言葉を聞かされ、うれしそうに笑っていた。

藩に帰る途中、忠之進はいい気分だった。血のつながりはなによりも濃い。若君の時代になれば、藩政はわたしの思いのままだ。それには、実績をつみ重ねて地位をかためておかなければならない。お家のっとり。恐ろしい響きを持つ言葉だが、こう現実化してくると、忠之進にとってはむしろ魅力的な感じだった。

依然として彼のまわりでは、こころよい春風が吹きつづけているといえた。もっとも、忠之進をはらはらさせる事件がないこともなかった。江戸からの使いが、若君の病気のことを伝えてきた。これには彼も青くなった。若君に死亡されては、なにもかも終りだ。彼はほかの家老たちと相談し、藩内の寺社に命じて平癒《へいゆ》の祈願をやらせ、自分もそれに加わった。領民たちは、なんという主家おもいの人と感心しあった。

その効果のためかどうか、若君の病気の回復のしらせがあり、忠之進はひと安心した。ふたたび働く意欲が強くわいてくる。新しく開発した農地は収穫をあげつづけているし、河川の修理によって、山からの木材の運搬が能率的になっている。木を切ったあとには、苗を植えさせる。藩の未来はすべてわが子孫のもの、遠大な計画を持たなければならない。

家臣たちのなかには、忠之進を城代家老にとの声もではじめたが、そのたびに彼は打ち消した。

「わたしはまだまだ未熟です。いまのかたのほうが家柄もよく、人徳もあります。そのようなうわさはしないで下さい」

人びとは感服し、いずれは城代家老にとの念を強めることになる。忠之進の思うつぼでもあった。そんななかで年月が過ぎていった。

彼は三十三歳になった。江戸屋敷から吉報がもたらされた。若君が十四歳になり、江戸城へ行き、将軍に拝謁《はいえつ》したとのこと。おめみえの儀式で、これにより藩主の正式な後継者として、幕府からみとめられたことになる。殿は江戸にいて不在の時期だった。忠之進は家老たちと相談し、家臣たちに祝宴を許した。

　忠之進は江戸づめの家老になるよう運動しようかと迷った。江戸家老になれば、若君すなわちわが子と、もっと親密な接触ができる。しかし、それはやめた。藩をゆたかにし、城代家老をめざすほうが本筋だ。

　藩主が死亡するか隠居するまで、後継者がここへやってくることはできない。そのため家臣たちは、若君がどんな人物なのかよく知らず、しきりに知りたがっている。江戸からの使いは、来るたびにその説明をしてまわっている。

「なかなか利発なご性格です。いまの殿とくらべて、まさるとも劣らないかたになりましょう」

　それを聞き、忠之進は満足だった。わたしの子なのだ。利発にきまっている。いまの殿よりはるかにすぐれた人物になるにきまっている。しかし、このことを知っている者は、わたしひとり、老女をつとめた千代の伯母は、すでに死亡してしまった。なにも知らないほかの者たちが、ばかに見えた。それは彼に一段と自信をつけさしたし、事実なにもかも期待どおりに進展している。しかし、悲しいこともおこった。隠居生活をおくっていた忠之進の父が、中風の発作をおこして倒れたのだ。口と右半身とが不自由になった。なかなか快方にむかわない。忠之進はそばでひとりになった時、父に話しかけた。

「父上、お元気になって下さい。わたしも家老になり、これから父上にもっと喜んでいただきたいところなのです」

「う、う……」

父は意味のない声を出した。しかし、わが家から家老が出たことを、心から満足している。それは表情からよくわかった。

「やがては城代家老になれるかもしれません。いや、きっとなります。その姿を見ていただきたいのです」

「う、う……」

父はうなずく。そうなれば一家の名誉、これに過ぎるものなし。いい息子を持ってうれしいと、父の表情は言っていた。忠之進はしばらく考え、思い切って秘密をうちあけることにした。父が生きているうちに、知らせて喜んでもらいたいことなのだ。死んでしまってからでは話しようがなく、後悔するばかりだろう。いま父に告げたとしても、口も手も不自由なのだから、他人にもれる心配もない。

「父上、じつは、もっともっとすばらしいことがあるのです。若君のことです。将軍にお目通りし、つぎの藩主として正式にみとめられた若君、あれは、本当はわたしの子なのです」

「う……」

父は、信じられないというふうに目をむいた。

「うそではありません。わたしと、となりの千代さんのあいだの子なのです。千代さんが側室となってお城へあがり、出産をなさり、そのため若君となってしまったわけです。ですから、つぎの藩主はわたしの子、父上の孫ということになります。他人に話すわけにはいかないのでだまっていましたが、夢のようなことでしょう」

「う……」

父は激しくうなり声をあげた。千代が側室にあがった当時のことを回想し、思い当ることもあったのだろう。しかし、父にとっては喜ぶどころではなかった。あまりの大罪に、気を失いかけた。娘を側室にし、それにすがって立身する例はないこともなく、許されないことではない。しかし、側室にあとつぎをうませ、主家の血すじを中断させ、こっちの家系にとってかわらせようというのは、前例がない。許すべからざる反逆であり、不忠な行為。実直な武士である父にとっては、身ぶるいするような話だった。

「父上、しっかりして下さい。この夢が遠からず現実となるのです……」

しかし、父は喜ぶどころか、発作をおこした。よほどの衝撃だったのだろう。医者が呼ばれ手当てがなされたが、効果はなく、父は意識を回復しないまま、数日後に死亡した。

悲しみのうちに葬儀がおこなわれたが、忠之進は自分の話が父の死を早めたとは考えなかった。むしろ、父を死ぬ前に喜ばせることができてよかったという気分だった。楽しい内容ではないか。順調な進展ぶりが、彼の心理をいつのまにかそのように変えていた。罪におののいた以前のことなど、忘れてしまっている。

また数年が過ぎ、忠之進は三十九歳になった。江戸屋敷の若君は二十歳。

江戸から藩に手紙がもたらされた。重大な内容。城代家老は家老たちを集めて、それに関する相談をした。

「江戸においでの若君に、縁談がもちあがっている。将軍家の姫君をどうかとの話が、幕府から内々であったそうだ。ご側室とのあいだの子ではあるが、将軍の姫君であることに変りない。江戸屋敷では、いちおう藩と相談の上でと、返事をしておいたとのことだが……」

家老のひとりが言う。

「たしかに名誉なことではある。しかし、それについての出費のことを考えると、簡単には賛成しかねるな。江戸屋敷のなかに、それをお迎えするための御殿を作らねばならぬ。立派なのを。また、大ぜいの侍女たちを引きつれていらっしゃる。なにやかやと、容易ならざる金額になろう」

「その将軍家の姫君とは、どのようなかたなのか」

それに対して城代家老が言う。

「十六歳という以外、まるでわからない。江戸城の大奥については、知ることもできない。また、婚儀が成立し、姫君がわが藩の江戸屋敷に移られても、中奥でのご生活。われわれお目にかかる機会もあるまい。要するに、名誉であるというだけといえよう」

「となると、できうればお断わり申しあげたほうがいいように思えるが」

そんな会話ののち、忠之進が発言した。

「わたしの意見は、お迎え申すべきだとの主張です。こういうことは、こちらから願い出ても成立するとは限らない。いま幕府から打診があったということは、それだけわが藩が信用され、若君の立派さがみとめられているからでございましょう。将軍の姻戚《いんせき》になれるのは、光栄なことです。お断わりするとしたら、警戒され、よからぬことになるのではないかと思われます」

「しかし、相当な出費という点がある」

「さいわい、わが藩には余裕があります。なんとかなりましょう。もしそれで不足を生じましたら、わたしがまた関西か江戸へ参り、つごうをつけてきます」

忠之進は熱心に主張した。わが子が将軍家と縁つづきになる。この機会をのがしたくない思いだった。必死になって家老たちを説得する。正面きって反対しにくい問題であり、他の家老たちも賛成せざるをえない形になった。

「余裕ができたのも、もとはといえば貴殿の功績によるもの。それほどまでにおっしゃるのなら、承知のむね江戸へ返事をいたす。しかし、今後のこととなると、財政面で心配でならない。それについては、よろしくたのみますぞ」

「いうまでもございません」

忠之進ははっきり答えた。たしかに財政的には損失だが、なんとかやってゆく自信はあった。それに働きがいのあることなのだ。

縁談が具体的に進行するにつれ、予想以上の出費とわかってきた。しかし、いまさらあとにはひけない。忠之進は江戸へのぼり幕府の役人と交渉し、いくらかの持参金を出してもらうことに成功した。もっとも、残りの不足分は藩が出さねばならない。婚儀が終わってみると、藩にあった余裕の金は、ほとんどなくなってしまった。しかし、忠之進は内心この上ない喜びを持った。彼は久しぶりに千代の墓にもうでた。


忠之進は藩の財政向上のために、またも努力をはじめなければならなかった。しかし、つらいとは思わない。わが子のためなのだ。金を借りてきて、さまざまな産業をおこすようにした。それは順調だったが、江戸屋敷からの費用の請求が、以前にくらべて多くなった。将軍の姫をめとったためと思われた。しかも、その費用はしだいにふえる。そのためにも、彼はさらに仕事に熱を入れなければならなかった。

参勤交代で帰国した殿が、忠之進を呼んで言った。

「おかげで婚儀がすみ、わたしも江戸城へ登城した時、一段と肩身の広い思いができるようになった」

「それはよろしゅうございました。将軍家の姫君さまは、どのようなおかたでございますか」

「それが、わしにもよくわからぬのだ。いかにわしでも、その御殿には勝手に入れぬ。御殿のなかについて、あれこれ聞くわけにもいかぬしな」

「ごもっともです」

「今回のことで、そちにはいろいろと苦労をかけた。うれしく思うぞ」

「お言葉、ありがとうございます」

「じつはな、城代家老が、老齢を理由に隠居を申し出ておる。家老職は家柄によって、そのむすこがあとをつぐ。しかし、城代の役をまかせうるようなむすこではない。後任にはだれが適当かと聞くと、そちをおいてはいないとのことだ」

「しかし、家柄の問題が……」

「ほかの家老たちも、だれも自信がないと言っている。そちにやってもらう以外にないようだ。わしからもたのむ」

「そうおっしゃられると、お断わりもできかねます。あらん限りの才能をささげて、藩のためにおつくしいたしましょう」

「たのむぞ。若のことを考えると、藩政をゆるぎないものにしておきたいのだ」

「よく存じております」

かくして、忠之進は城代家老になった。藩主から委任されて領内をおさめる最高の地位。以前から望んでいたこの地位に、やっとありつけた。あとは若君の相続を待つばかり。それまでに万全の態勢を作っておかなければならぬ。

それには、この殿の信用を失ってはならない。巧妙にあざむきつづけ、変に思われないようにしなければならない。やがておとずれる、わがよき時代のために。

結婚してからこれまでのあいだに、忠之進には二児がうまれていた。いずれも女子だった。それでいいと思っている。男子はすでにあり、それが若君なのだ。そのために全力をつくさなければならない。うちに男の子がいたりすると、気が散ってよくないだろう。

城代家老となると、藩政すべてをみなければならない。そのうえ、勘定奉行がさほど優秀でないので、それへの細かい指示をもしなければならない。不眠不休に近かった。

「城代さまはよくお働きになる」

だれもが感嘆の目でながめた。しかし、江戸屋敷からの費用の請求は、依然としてふえる一方。もっと節約しろと注意のできる地位にあるのだが、忠之進はそれをしなかった。わが子である若君には、好きなことをさせてやりたい。その思いがそうさせたのだ。したがってその支出のふえたぶんを、なにかでうみ出さねばならず、苦労もふえた。

忠之進は時どき、この大陰謀が計画的になされたものだったら、どうだったろうと思う。自分の両親と、千代の両親と弟、さらに千代の伯母、それらが組んで、必要とあればもっと仲間を加えてやったのだったら、どうだろう。協力者が多かったら、それだけ苦労は少なかっただろうか。そうではないだろうな。共犯者があったら、それだけ秘密の発覚する率もふえる。秘密をばらすぞと、金をねだられるかもしれない。口をふさぐための暗殺も必要になるだろうし、その時、かえり討ちにされたら、さわぎは大きくなる一方だ。やはり、偶然にはじまり、知っているのはわたしだけという、いまの形のほうが無難といえそうだ。

希望にみちて働いていると、年月はいつのまにか流れてゆく。忠之進は四十四歳になった。

春風とともに、待ちかねたたよりが江戸からもたらされた。殿の死去。藩内は悲しみに沈み、忠之進もそのような表情で日々をすごしたが、内心は喜びであふれていた。いよいよ、わが世の春なのだ。

葬儀がおこなわれ、喪の期間が過ぎ、つぎの年、若君は江戸城へ行って将軍にあいさつをし、相続が正式にみとめられた。そして、新しい藩主のお国入りとなる。つまり、藩政をみるため、幼時にここを出て以来の、はじめての帰国。

忠之進は殿さま用の住居の改築をはじめ、その他の準備をととのえて、その日を待った。当日、江戸からの行列は、城の大手門から城内へと入ってきた。きらびやかで堂々としていた。

忠之進は胸がつまった。涙が出そうになった。わが子がやっと藩主の地位についたのだ。それをいま、この目で見ている。

新しい殿が部屋に入ると、忠之進はあいさつに行った。殿は二十五歳になっている。忠之進は自分の若いころの面影を、そこに発見した。

「江戸からの長い道中、さぞお疲れのことでございましょう」

「ああ……」

若い殿はなぜか浮かぬ顔をしていた。あまり武芸が好きでなく、からだのきたえかたがたりないためか、疲れているらしかった。

忠之進はそこに、武芸ぎらいの自分の性格を見る思いがした。あれやこれやで、進み出てだきしめてやりたい衝動にかられたが、それはできない。

「わたくしが城代家老でございます。すべておまかせいただければ、なにもかもうまくとりはからってさしあげます。ご安心下さいますよう」

「ああ……」

殿は軽く答えた。若いとはいえ、自分はいやしくも藩主だ。先代に信用された城代でも、もっと平伏すべきだ。どことなくなれなれしいところがある。そんな不満を感じていたのだ。

しかし、忠之進のほうはべつだった。わが子をここまで仕上げたということで、うきうきしている。

つぎの日、忠之進は殿を大広間に案内した。そこには主だった家臣たちが集っている。そのひとりひとりを、殿に紹介した。殿に対しても、家臣たちに対しても、彼は誇らしかった。そのあと宴会がおこなわれ、彼にとってははなやかな日だった。

忠之進は良之助を殿の御側用人《おそばようにん》に任命した。殿の側近に仕え、秘書のごとき仕事をする役目。千代の弟であり、それにふさわしいように思えた。

それからしばらく、忠之進は殿に、藩政のあらましについて毎日のように説明をした。自分の苦心談を各所におりこんだ。先代の殿にはそんな態度を示さなかったが、わが子が相手となると、それを知ってもらいたい気分になる。そのあいまをみて、藩内を案内し、あの農地がどうの、この河川がどうのと、自分の功績を語った。新しい殿は言う。

「わかった、わかった。そちの手腕のほどは、よくわかったぞ」

「これは恐れ入ります。さすがは殿、ご聡明《そうめい》で、ご理解がいい。あはは……」

忠之進が殿を独占している形だった。

城代家老であり、それが当然のことと、だれも文句を言わなかったが、殿はいくらかあきてきたらしかった。

「そち以外の者の話も聞きたいものだ」

「ごもっともでございます。御側用人にお申し付けになって下さい。どのような者がよろしいでしょうか。話の面白い者となると、あまりいないようでございますが……」

父親の配慮をうるさがるとは、わからずやの子だ。そう言いたいところだが、公的には主従のあいだがら。それをもらすわけにはいかない。忠之進は、殿の城中や城外の視察の案内役を、良之助にまかせた。だれが説明しても、藩の財政がゆたかになったのは、わたしの功績としか言いようがないはずだ。

彼はひまがあると、殿の前へ出て言う。

「なにかご不自由なことがありましたら、どうぞ。お望みのことを、おおせになって下さい。いかようにもいたしますから」

なんでも好きなことをさせてやりたいのだ。そのためにこそ、今日まで努力してきたのだ。殿はうなずきながら、親指と人さし指とをこすりあわせている。それを見て、忠之進は満足した気分だった。わたしの癖までうけついでいると。

一方、忠之進は藩をゆたかにするため、さまざまな計画をたて、実行に移しつづけた。殿であるわが子の前で、いいところを示したいのだ。働きがいもあった。

殿がお国入りしてから半年ほどたったある日、殿の側近の良之助が、忠之進のところへ来て言った。

「殿がお望みになっておいでのことがあります」

「なさりたいことがあるのなら、わたしに直接に言って下さればいいのに。殿も遠慮ぶかい。なんでもしてさしあげるのに」

「ことが奥むきに関することなので、おっしゃりにくいのでしょう」

「いったい、どのようなことなのか」

「じつは、ご承知のように、殿はお国入りのあと、江戸からご側室をひとりお呼びになった。しかし、それにおあきになったという。わたしの推察だが、新しい側室をお世話するのがいいかと思うのです」

「それなら、中奥の老女と相談し、それをすすめたらよろしいでしょう」

「はい、その相談の上でのことなのですがご老女もわたしも、これはいい話だと一致しました。つまりです、ご城代さまには、娘さんがおありです。お美しく成人なされた。そのことを殿に申し上げたら、殿も、ではその者をこれへとおおせられた。貴殿にとっても、光栄のことにちがいない。これによって、殿と貴殿とのつながりも、一段と深まるといえましょう……」

「いやいや、それは困ります……」

　あまりのことに、忠之進はあわてた。殿は自分の子、生母がちがうとはいえ、それに自分の子を側室として出すわけにはいかない。しかし、そんなことを知らない良之助は、ふしぎそうだった。良之助の家は、かつて千代が側室にあがったことを光栄と思っているし、それによってお家の血統がたもてた。良之助がいっそうの忠勤をはげむ気になっているのも、そこから出ている。

「それはまた、なぜです。べつに悪いこととは思えないが……」

「いや、その、じつはいささか、娘は二人とも病身でして……」

「そうとも思えませんが、知りませんでした。そうなると、わたしの口からはお断わり申しにくい。貴殿からご説明をして下さい」

というわけで、忠之進はいやな役目をしょいこむことになった。なんとか殿をなっとくさせ、かわりの側室を世話することになったが、殿は不興げだった。せっかくの側室の話を断わるとは、そちらのためでもあるのに。いかに城代家老でも、思いあがりではないか。家臣は家臣ではないか、と。

忠之進は残念でならなかった。その真相についての言葉がのどまで出かかっているのだが、それは口にしてならない言葉なのだ。絶対にしゃべってはならない。

それがきっかけというわけでもなかったが、殿と忠之進とのあいだは、どことなくうまくいかなくなった。表面は君臣の礼を守っているつもりだが、わが子という意識を消すことができず、なれなれしさがにじみ出てしまうのだろう。

殿にとっては、そこが面白くない。主君に対する誠実さがうすいようだ。それに、気のせいか顔つきが似ているようだ。何代か前に、藩主の娘を忠之進の家にとつがせたことがあったというから、そのせいかもしれぬとは思う。しかし、よく似ているということは、不快のたねだ。家臣が自分に似ているのは、理屈でなく面白くない。また、あの癖だ。指をこすりあわせるという癖まで、まねをしているようだ。癖をまねるのは、高級な趣味ではない。藩主の癖をわざとまねしているのだったら、へつらっているのか軽蔑《けいべつ》しているのか、どっちかだ。どっちにしてもいい態度ではない。

忠之進としても、内心もどかしかった。たしかに形の上では主君にちがいないが、じつはわが子ではないか。わたしの胸のうちをわかってくれてもいいはずだ。秘密を口にできないとはいうものの、親子の血のつながりのなかには、理屈を越えて理解しあえるものがあっていいはずだ。

お国入りから一年がたち、殿は参勤交代で江戸屋敷へと戻っていった。あと一年は江戸ぐらしとなる。

留守中の藩は、すべて城代家老の忠之進にまかされた形となる。彼は依然として仕事にはげんだ。殿もいずれは理解してくれるにちがいない。一年ぐらいで親しみをますことは不可能かもしれない。藩をゆたかにするという実績をつみ重ねよう。

しかし、江戸屋敷からの費用の請求は、額がふえる一方。忠之進は使いを出し、江戸家老に来てもらった。そして、質問する。

「どうして、そのように金がかかるのか。先代の殿の時代にくらべ、何倍にもふえている。

将軍家の姫君をお迎えしたためか」

「結局はそこが原因といえましょう。侍女の人数が以前よりぐっとふえている。中奥に関してあれこれ想像するのはさしひかえるべきだが、ご城代にわたしの考えをお伝えしておきます。将軍家の姫君ということで、どうも殿が気がねをなさっているように思える。将軍家の姫君かもしれぬが、殿のほうも、先祖以来、由緒正しい家柄の大名家。そう遠慮なさらなくてもいいはずなのだが……」

江戸づめの家老だけに世なれており、突っこんだ話をしてくれた。それを聞き、忠之進は心のなかで顔をしかめた。血すじによっておのずと身にそなわっている貫録。それが不足というわけなのだろうか。となると、こればかりはどうしようもない。わが子を殿に仕上げたはいいが、そこまでは考えていなかった。

「で、それから……」

「殿はその気がねのうさばらしのため、側室をつぎつぎにお作りになる。ほどほどになさいませと申し上げるわけにもいかず……」

江戸家老は、殿の軽率にして衝動的な性格を、それとなくこぼした。忠之進は、これまた考え込まざるをえなかった。千代とのあの夜のこと、気候のせいとはいえ、自分の性格に軽率にして衝動的なところがあったからこそだ。それもわが子に伝わっているようだ。

「側室をねえ……」

「町人の家から奉公にあがっている侍女を、側室になさってもいる。側室がひとりふえると、そのお付き係だとか、なんだとか、また侍女をふやさなければならない。側室にお子さまができるたびに、またも何人か侍女をふやさねばならない。中奥の建物も増築せねばならず、なにやかやで費用はかさむ一方なのです」

「困ったことですな」

「武芸をお好みの性格だとよろしいのです。武芸をあまりなさらないので、お心のはけ口がない。しぜん、気ばらしは側室でとなってしまう……」

武芸ぎらいとしての自分の性格が、このような形ではねかえってくるとは。忠之進はため息をついた。わたしは武芸ぎらいでも、学問とか立身とか、まだ目標があった。しかし、わが子の殿には、それがないのだ。

「なるほど……」

「ご城代からご注意していただけるとありがたいのですが」

「おりをみて、そうすることにしましょう。しかし、できてしまった側室たちはどうしようもない。せいぜい金策をしてご用立ていたしましょう」

「ご苦労なことです」

江戸家老は戻っていった。忠之進はあとで考えこむ。そうなっているとは知らなかった。将軍家の娘など、嫁にもらわないほうがよかったのかもしれない。側室のことも困った問題だ。公然と親子と呼びあえるあいだがらなら、ぶんなぐるなりなんなり、どうでも注意のしようがあるのだが……。

一年がたち、殿がまた藩へとやってきた。殿は自分の意見を藩政にあらわしたいらしく、あれこれ言う。藩主というものは、風格を示して、上のほうでおっとりと構えていればいいのだが、それに欠けている。

そのたびに忠之進は、まだお若い、しばらくはわたしにおまかせ下さいと言う。彼としては、なにもかもわきまえている父親にまかせ、その意見に従うべきだとの気分なのだ。事実、それでうまくいっているのだ。

しかし、殿のほうは、それが面白くない。先代の信用をいいことに、大きな顔をして、すべてわがもの顔に処理している。そんなふうに思えるのだった。

前に期待していたのとちがい、なにかしっくりとせず、忠之進としては悩みのたねだった。こんなはずではなかった。

しばらくの年月がたち、殿が江戸にある時、藩にとってよからぬ事態がおこった。江戸から使いがあり、幕府から工事を命じられたと知らされた。藩から少しはなれたところにある幕府の直轄地《ちょっかつち》において河川の氾濫《はんらん》があった。その修理工事を命じられたのだ。命令となると、これは絶対。命令の出る前なら、交渉のしようもあったろうが、もはや手おくれ。

江戸からの使者によると、財政に余裕があり、河川工事の経験もあり、資材の材木の産出も多いからと、なにもかも調べた上でのことで、断わりようもなかったという。

いやもおうもない。またも大変な出費だった。せっかくたくわえた金は、すべてなくなった。そのうえさらに不足。そのうわさで、商人も金を貸すのをしぶりはじめた。ついに家臣たちの禄《ろく》を減らさざるをえなくなった。

じわじわと不満の声があがりはじめる。準家老格の家柄でありながら、城代になったことについて反感を持つ者もある。また禄が減らされたのは、だれもいい気分でない。

「みなの責任の大きな失敗のためなら、あきらめもつく。そもそも、忠之進がいかんのだ。むかしは藩もまあまあやってゆけた。あいつが才能を示そうとして、藩をゆたかにした。そのため、将軍の姫を押しつけられ、大変な出費。ひそかに藩を調べに来た、おしのびの巡察使、あるいは隠密《おんみつ》、そのことを計算に入れてなかったからだ。成り上り者はいい気になって、注意がおろそかになるものだ。それにこりず、また藩をゆたかにし、そのあげく今度の修理工事だ。よけいなことをするから、結局は藩の出費がふえ、みながばかをみる」

そんな空気のなかへ、殿が帰国する。殿と忠之進がうまくいってないことを察した連中が、あることないこと殿に訴える。殿としても、あの気位が高くて扱いにくい姫君をもらわせられたのは、忠之進のせいだと知っている。

忠之進の立場は好ましくないものとなっていった。殿の側近の良之助も、殿の側についている。この二人はうまがあうらしい。殿は千代の子であり、良之助は千代の弟、それは公然たることで、そのせいでもあるらしい。

殿にむかって、わたしとは親子の関係にあるのだと告げたいが、それはできぬ。証人も証拠もないのだ。また、かりにあったら、それこそ大さわぎ。幕府の耳に入れば、お家おとりつぶし、家臣たちはみな浪人となる。陰謀の張本人の忠之進は極刑に処せられる。

殿は忠之進に、無理難題を押しつけた。家臣たちの禄をもとに戻してやれ、その不足分は、年貢《ねんぐ》をふやすことでおぎなえ。

しかし、たまたま平年以下の凶作。そんなことはできっこない。やれば一揆《いっき》がおこる。忠之進は城代家老の辞職を申し出なければならなかった。同時に家老職もやめた。藩校の管理係という閑職におろされた。

あっというまの転落。しかし、彼はあきらめなかった。いつかは殿と心の通じあえる日が来るにちがいない。親子ではないか。それに、ほかの者に藩政のできるわけがない。いずれは、わたしの力を必要とすることになるはずだ。

しかし、そうでもなかった。殿は幕府に交渉し、まとまった金を借り出した。将軍の姫君をいただいたのですが、藩がたちゆかなくなりかけている。このままでは姫君のお世話も不充分になる。実情をお調べにおいで下さい。危機がいかに深刻かわかるはずです。そんなふうに持ちかけたのだ。

それを知り、忠之進はいまいましくなる。まったく、妙に抜け目のない性格を受けついでいるようだ。年貢をあげろなんてのは、わたしをやめさせる計略だったのかもしれない。わたしがかつて、上役の勘定奉行に対しそんな手を使った。

自分の人の悪さが、自分にはねかえってくる思い。鏡にむかってみにくい姿をさらしているようだ。

忠之進は酒を飲むようになった。酔うにつれ、ぐちが出る。彼の心境として当然のことだ。

「まったく、殿は不肖の子だ……」

それを耳にした者は、新しい城代家老にご注進となる。やがて、殿からの使者として良之助がやってきて彼に告げる。

「貴殿は前々から、家臣の分をわきまえないような言動をしていた。最近は、不肖の子とかなんとか、批判さえしているそうだ。幕府からの金策成功など、殿の名君ぶりはみながみとめるところ。貴殿の批判は、はなはだよろしくない……」

くやしいけれど、公然と釈明もできない。

「……本来なら家名の断絶という重い罰を加えるべきところだが、家柄もあり、乱心ということで処置する。当分謹慎だ。そのかわり、殿が江戸の側室とのあいだにもうけた男子のひとりを、養子にせよ。それが成人した暁には、貴殿のあとをついで出仕することが許される」

承知せざるをえない。無役となって自宅でなすことなく日をすごしていると、やがて養子となるべき幼い少年が送られてきた。

「これからよろしく、父上……」

と少年はあいさつをした。この少年の成長を唯一の楽しみとする以外にないわけか。まあ、わたしの孫に当るわけだ。そう自分をなぐさめようとしたが、忠之進は落ち着かなかった。気のせいか、自分にあまり似ていないようだ。側室の子だという。その点にまちがいはないだろうが、父親のほうはどうなのだろうか。

正雪と弟子

「正雪《しょうせつ》先生は、ありゃあ、とてつもないかただなあ」

二十歳になる林武左衛門は、長屋に帰ってくると、息をつきながらいつもこうつぶやく。

すると、十歳としうえの兄の理左衛門が言うのだった。

「おまえの口ぐせだな。どう、とてつもないのだ。大人物という意味なのか」

「そういうのとは、ちょっとちがうのです。偉大ともちがう。変人奇人ともちがう。信念の人ともちがう。憂国の士ともいえない。天下をまかせるにふさわしい人でもない。形容のしようがありません。前例のない人としか言いようがないでしょう」

「妙なほれこみかただな。おまえは、由比《ゆい》正雪先生のおかげで、仕官ができそうか」

「仕官なんかするより、そばにいて、先生のなさることをずっと見ていたい気分です。もし、いい仕官の話があったら、兄上のほうに回しますよ」

「あてにしていないが、おまえのその気持ちはありがたいと思うよ」

この兄弟は浪人だった。仲はよかったが、二人の性格はちょっとちがっていた。兄の理左衛門はのんびり、そのうちいいこともあるだろうと、おっとりかまえている。一方、弟の武左衛門は、としが若いせいか、よくいえば向上心、悪くいえば好奇心が強かった。

弟は十歳ぐらいのころから、正雪の手習所にかよい、字を習っていた。それからずっと、今日までつづいている。頭のよさをみとめられ、師の身のまわりの世話をするようになった。正雪は頭のいい者が好きなのだ。武左衛門はいつのまにか月謝免除になり、小遣いをもらうようにさえなった。

秘書みたいになっているので、正雪のやることがよくわかる。

徳川時代の初期、幕府はその体制を強固にするため、大名のおとりつぶしを、さかんにおこなった。それにともない、職を失った武士が大量に発生した。退職金も年金もなしだ。家光の世となると、その浪人が全国で数十万人。多くは就職の機会を求めて、江戸に集ってくる。

林兄弟もそうだったが、こんなふうに落ち着いているのは珍しい。大部分は必死の表情で、仕官、仕官と叫びながら、うろうろしている。武士として一芸に秀でているわけでもなく、さりとて商人になる決心もつかず、プライドという愚にもつかないものを胸にだきしめ、むかしの夢を追って、はかない奔走に日を送っていた。

そんな江戸へ、由比正雪が駿河《するが》から出てきた。彼の家は、農業のあいまに紺屋をいとなんでいた。その二男。彼は労働ぎらいで、農業も紺屋も手伝わなかった。父親は言う。

「働かざる者、食うべからずだ」

「働くつもりはあります。肉体労働がいやなだけです」

「それなら、坊主になれ。ほかに方法はない。さあ、さあ……」

と正雪は寺にあずけられた。そこで文字をおぼえ、本を読み、知識なるものを頭につめこんだ。坊主はサービス業。そのこつぐらいは身につけなければならない。

あいそのいい利発な少年。ひとに好印象を与えた。武士や浪人の家をおとずれ、ただでお経をあげますと言い、そのかわりに蔵書を読ませてもらった。どちらにも損のない取引きだ。頭のなかには、さらに多くのものがおさまった。

しかし、ここにいては先が知れている。江戸へ行けば、もっと面白い生活ができるにちがいない。

江戸の菓子屋にしばらく奉公したあと、手習所を開いた。肉体労働は彼の性にあわないのだ。

習字と謡曲とをそこで教えた。大名や旗本の家臣たちで、そこに入門する者がふえていった。どうやら世の中、戦国の時代は終りらしい。これからは勇ましいだけではしようがない。字がうまくなり、謡曲のひとつもできたほうがいいようだ。その二つをいっぺんに習えるというのは、便利だった。時勢におくれないための成人大学。

「これは大変なご上達、お教えするほうも、はりあいがあるというものです」

ひとりひとりに対して、正雪はじつにあいそがいい。それだけならなんということもないが、さらにサービスをつけ加えた。

源平合戦の物語を、わかりやすく面白く解説したのだ。時どき、鋭い批判を入れる。この武将はまことにだめなやつだった。この戦いは、こうすれば勝てたはずだ。いかに激しくやっつけても、お客にその関係者はいず、だれの気分もそこなわない。

むしろ、だれもが喜んだ。なにか軍学を習っているような気になる。各人の内心には、武芸でなく字と謡曲を習っているという、うしろめたさがあった。それをおぎなってくれるのだ。おれは軍学も習っているのだと。

「先生、楠木正成《くすのきまさしげ》の兵法についても、もっとくわしくお教えねがいます」

「よろしい。やりましょう」

正雪は習字の部門を林武左衛門にまかせ、謡曲も他の者にまかせ、もっぱら軍学の講義にかかりきりとなった。このほうが経営上からは能率的だった。広い部屋の大ぜいを相手にしゃべりまくればいいのだし、いちいち各人のごきげんをとる必要もない。彼は頭を総髪にし、神秘的なムードを演出した。

なにしろ、頭がよく、口がうまく、芝居がかっていた。お経と謡曲とで、のどがきたえてあり、声がよく通った。まるで面白くない軍学の書も、正雪にかかると、手に汗にぎるものとなる。軍学を教えるところはほかにもあったが、そっちは人が集らない。

聞き手の反応をみて、つぎには話し方に改良を加える。だから、話芸はますます巧妙になった。

正成の兵法など、細部にさまざまなフィクションがくっつき、リアルになり、以前に聞いていても、お客はつい引き込まれ、思わず身を乗り出してしまう。ところどころに、しろうとなるがゆえの新鮮な観察がはさまっている。

実戦の経験のある武士には、いいかげんなものとうつったかもしれない。そういう人は、ばかばかしいと二度と来ない。たまには、まじめに反対意見をのべる者もある。

「その考え方は、現実的でないように思える。おかしい」

「いやいや、貴殿のほうこそ古い。兵法というものは、つねに進歩してやまない。ある戦いで勝ったからといって、次に通用するとは限らない。その裏をかかれるにきまっている。この点はいかが……」

「それはそうだ」

「あらゆる知識と才能をその一瞬に集中する。これが要点だ。同数の軍勢を指揮し、わたしと貴殿とが合戦をしたら、いずれが勝つであろうか」

席にいる者はすべて、正雪のほうを支持する。現実に合戦のやれるわけがなく、机上の空論となったら、正雪にまさる者はいないのだ。

「先生、ひとつお願いが……」

「なにごとです」

「じつは、屋敷で先生の話をしましたところ、うちの殿さまが、ぜひ、そのお説を聞いてみたいと……」

大名の日常は平凡そのもので、なにか面白いことはないかと考えている。家来は、その退屈をなぐさめる方法をみつけねばならず、そうすると昇進しやすくなる。

正雪は出かけていって、いつものごとくしゃべりまくる。さむらい生活をしていないから、こわいもの知らず。変にかしこまることなく、でまかせを話す。それがまた、形式にいつもとりかこまれている殿さまのお気に召す。

「じつに有益な話であった。ああでもないこうでもないという説とちがって、明快でよかった。謝礼をとらすぞ」

「恐れ入ります。できうれば、たくさん……」

「遠慮のないやつだな。どうだ、ここに仕官せぬか。毎日そちの話を聞きたいものだ」

殿さまの要求は単純そのもの。この娯楽係を専属にしたがっている。

「ありがたいことですが、かた苦しいことは好みませんので……」

「では、ひまをみて、また来てくれ。そうだ、そちの門弟のひとりを、ここの連絡係にやとうとするか」

「そうしていただけると、双方の時間の打ち合せがしやすくなります。走り使いですから、禄《ろく》は少しでかまいませんよ。よそをさしおいて、こちらにうかがうようにいたしましょう」

これがまた評判になった。正雪が自分の仕官をことわり、門弟を推薦した。それを聞き伝え、浪人たちが正雪の門弟になろうと押しかけてきた。浪人たちは、仕官となると目の色が変る。なけなしの金を、月謝として出してしまう。

正雪、心のなかでにやりとする。金持ちというやつは、余裕があるのでだましにくい。しかし、浪人となると、あせっているので絶好のカモだ。それが大量に存在している。ひとりから少しずつ巻きあげても、数をこなせば相当な額になるはずだ。

ふえた門弟を収容すべく、大きな建物に移り、その外観を堂々たるものにした。

〈張孔堂《ちょうこうどう》〉

という看板をかかげた。張良《ちょうりょう》と孔明《こうめい》という中国の兵法の大家の名をつなげたものだ。

〈軍学兵法、六芸十能、医陰両道、その他一切の指南〉

と書き加えた。いつも出入りしている大名旗本からは、開業祝いにいろいろなものがおくられてきた。武士就職の予備校というべき形がととのった。ここに入ると、大名旗本への仕官ができそうにみえる。なにしろ、ほかにそんなのがなく、ここが唯一のものだ。わらにでもすがりたい浪人が集ってくる。

「どうだ、武左衛門、どこかへ仕官の口を世話しようか。おまえはよくやってくれているる」

と正雪が言う。才能のある武左衛門は、正雪が大名家へ軍学講談をやりに出かけた留守に、代講をやるまでになっていた。

「けっこうです。ここで先生のおそばに仕えていたほうが楽しい。先生こそ主君です」

「その、おまえの忠実さをみこんで、秘密の仕事をたのみたい。この箱だ。これを持って駿河へ行き、山の大きな木の根元に埋めてきてくれぬか。その場所を正確に地図に書き、他人に気づかれぬよう帰ってきてくれ」

「かしこまりました」

わけがわからぬながら、武左衛門はそれをやってくる。それからしばらくたち、正雪は門弟たちの前でこう言った。

「まことにふしぎなことだ。ここ数日、夢に楠木正成公があらわれ、駿河の山中の大木の根元を掘ってみよと話しかけてくる。目ざめて忘れぬうちにと書きとめたのが、地図でこのあたりだ」

門弟の何人かがそこへ出かけ、掘り出して持ち帰る。箱をあけると、正成から正雪の祖父に至る系図、短刀、菊水《きくすい》の旗が出てきた。正雪、いとも当然のことのようにうなずく。当然にちがいない。

「やはりそうであったか。以前から、正成公が他人とは思えなかった」

あまりに平然としているので、門弟たちは感嘆した。

「先生は名実ともに、楠木正成のあとをつぐかただ。正成の霊がのりうつっている。われわれはその教えを受けられる。なんという、すばらしいことだ……」

入門する者は、ますますふえた。浪人ばかりでなく、仕官をしている者も学びにくる。しかし、正雪はひとりになるとつぶやく。

「ばかなやつらだ。これから戦乱の世がくるかどうか、常識で考えればわかるはずだ。第一、実戦を知らないおれの話が、なんの役に立つ。これから学ぶべきは、娯楽とはなにかであり、意表をつく発想であり、名声と金を手に入れる新しい着眼なのだ。正成も平穏な世に生まれたら、こんなことをやったにちがいない。それらについて、おれはなにひとつかくすことなく、さらけだして示している。それなのに、おれのしゃべることの一字一句をおぼえようと努力しているやつらばかりだ。なさけない……」

人気とは、にぎやかさのことだ。門弟がふえるにつれ有名になる。大名たちも、正雪を自宅へよんで話を聞いておかないと、他の大名との話題についてゆけなくなる。流行のようなものだった。

紀伊《きい》の徳川頼宣《よりのぶ》からは、ぜひ一度、領地へおいでいただきたいと、たってのたのみ。ご三家のひとつだ。名声を高めるためには、行ったほうがいい。

この頼宣は家康の十男であり、無難がとりえといった普通の大名とちがい、なかなかの人物。「よきにはからえ」との言葉のきらいな、頭のいい、武勇を好む性格。おとりつぶしになった福島正則《まさのり》の家臣を召しかかえ、武者奉行の地位につけたりしている。正雪がやってくると、人払いして、いささか不穏な質問をした。

「万一、この紀伊が他より攻められたとしたら、どう対処したらいいか。遠慮なく意見をのべてもらいたい」

「はい。この紀伊の地方は、わたくしの祖先、楠木正成のゆかりの地。また、その兵法は研究しつくしてあります。正成の部下は小人数でしたが、ご当家はいまやいい武将をそろえておいでです。全国の兵が押し寄せてきても、決して負けることはありません。その防備の配置についてですが……」

地図をさし示し、堂々と説明する。その作戦が正当であるかどうかなど、問題外。相手を楽しませることができれば、それでいいのだ。血わき肉躍る架空の合戦が物語られた。頼宣は、まんまとひっかかる。

「じつにみごとなものである。全国最高の実力者という気分になれた。どうだ、仕官をしないか。将兵の指揮をすべてまかせる地位を与えるが……」

どうやら、正雪が紀伊攻略軍に加わるのを心配しはじめたようだ。正雪にとっては、この上なくうまい話。しかし、自由を奪われるのは好きでない。

それに、家臣となると、どこでいつ、ぼろを出すかわからない。また、仕官をすると、その日から頼宣にぺこぺこしなければならない。この話に飛びついて格を下げるより、さらに大きなものをねらったほうが利口だと計算した。

「ありがたいお話ですが、ご辞退いたします。お殿さまにだけ申しあげることがございます。ほかの大名家では話さなかったことです」

「なんについてだ」

「わたくし、軍学については日本一の自信がありますが、もはや世は、むかしのような戦いの時代ではございません。ここのところを、よくお考え下さい」

「戦いの方法が変化したというのか」

「いかに勇敢な兵団も、大量の火薬の前には歯が立たない。この頭の切り換えは大変でございますが、時の流れです。火薬の生産のほうが重要です。この紀伊の山の形を見ると、その資源が豊富にありそうです」

「本当か、それは……」

「いまの火薬とちがって、もっと強力なのが、もっと安くできる。その秘法はわたくししか知らない。また、ここには金や銀の鉱脈もかなりある。これは、ご領内のあるところで拾った石ですが……」

　きらきら光るものを含んだ石ころを取り出す。江戸から持ってきたものだが、有利な仕官の口をことわった正雪から説明されると、いかにも真実らしくなる。頼宣はころりとだまされた。

「ますます感服したぞ。そちはただの軍学者でなく、天下の指南役こそふさわしい。どうであろう。その調査と指導をやってはくれぬか。資金は必要なだけ出す」

「おおせとあらば……」

正雪は社員でなく、産業開発コンサルタントの地位をえらんだ。実体は山師兼詐欺師なのだが。

見込みがあります。もう少しです、順調ですと、つぎつぎに金をひき出す。正成の埋蔵金の手がかりをつかんだ。高価な薬草の天然にはえているのをみつけた。なんにもせず、口先だけで多額の金をひき出し、山の中に穴を掘って埋めてしまった。この男、地下になにかを埋めるのが好きな性格のようだ。

資金が出にくくなると、正雪、調査は完了、江戸へ行って技術者を集めてきますと、紀伊を去った。金を持ってでないので、不審に思われることもなかった。

正雪は江戸に帰り、それっきり。紀伊の徳川家から使者が来ても、いま分析中、大変な産業になりそうですよ、あまりにすごいので計算に日がかかるのですと、巧妙な弁解。口先の技術となると、正雪にかなうものはない。ずるずると、いつまでもひきのばす。

正雪の経営する仕官の予備校は、門弟がふえる一方。彼は腹のなかで大笑い。

「大名をだまして金を巻き上げるのも面白いが、浪人という大ぜいのばかなやつらをだますほうが、もっと面白い。武士階級なんていってても、農民出のおれに、いいようにひっかきまわされているんだからな。やつら、みな仕官となると必死だから、赤子の手をねじるようにだませる。先日、月謝の値上げをやったが、やめたやつはいない……」

収入の合計を計算する。

「……戦乱のおさまった時代に、武士になろうとするなど、むりな話だ。仕官をして終身雇用という禄《ろく》の上にあぐらをかき、刀をさして威張ろうという考え方がよくない。だから、ばかだというのだ。いいかげんに気がつくべきなのに、まだ目がさめないのだからな」

しかし、門弟たちのほうは、なかなか仕官にありつけず、不安になってくる。その代表たちが正雪に申し出る。

「先生、なんとかしていただきたい。われわれは一日も早く仕官したいのです。どうなのでしょうか、みとおしは……」

「まあまあ、あわてるな。ちゃんと交渉は進んでいるのだ。おまえたちも知っているだろう。このところ三日おきぐらいに、紀伊の徳川家からの使者が来ている」

それはたしかだった。渡した調査費をどう使ったのかと聞きにくるのだが、門弟たちはそんな実情を知らない。

「紀伊の徳川家ですって。そんなすばらしい就職先があるのですか。ぜひ、わたくしをお願いします」

「しかし、変なのを仕官させては、ここの信用にかかわる。問題は人物だ。武士は人の上に立つ者。それにふさわしい人材でなければならない。新しく五人の門弟を、ここへさそってこい。それをやった者のなかから、人選をする。当人に説得力があるかないか、それで判明するぞ」

ばかな浪人たち、またもだまされていることに気がつかず、争って門弟を勧誘してくる。

「うちの由比正雪先生は、各方面に顔のきく立派なかたです。仕官したいのなら、入門なさい。成績がよければ、紀伊の徳川家にだって……」

と、つぎつぎに仲間をふやす。五人集めてきた者は、以後の月謝をただにした。そうしたって損はないのだ。門弟の人数はふくれあがり、月謝のあがりもはねあがる。正雪の生活は、一万石の大名以上だといわれた。

側近の林武左衛門だけは、このからくりに気づいている。しかし、なにもしないでいると正雪の信用がなくなり、遠ざけられ、インチキ営業の内幕を見物しつづけることができなくなる。そこで、丸橋忠弥《まるばしちゅうや》の道場へと出かけた。

「みなさん、熱心に武芸にはげんでおられ、敬服します。しかし、少しは軍学をお知りになっておいたほうが、仕官の時に有利かと存じます。正雪先生のお話を聞きにいらっしゃいませんか。こちらからも、門弟の何人かを、丸橋先生の道場へかようようにとりはからいますから」

ライセンスの多いほうが就職に有利だとすすめたのだ。十人ほどが正雪のもとにかようようになった。

丸橋忠弥は宝蔵院《ほうぞういん》流の槍《やり》の名手。道場を開いていた。豪傑という形容があてはまる。もっとも、単純で短慮で粗暴という面もあったが、それはいたしかたない。天は二物を与えずだ。

武左衛門が忠弥の門弟たちを引き入れたのには、それなりの計画があった。いつかは正雪の自転車操業もゆきづまるにきまっている。その時、忠弥が腹を立ててどなりこんでくるだろう。その対決を見物したいのだ。ちょっとしたみものになるはずだ。忠弥は正雪を問答無用でぐさりとやるか、正雪が知能を傾けうまく言い抜けるか……。

丸橋道場からの集団入門には、正雪も大喜びした。武左衛門に言う。

「おまえの才能には感心した。こうなると、仕官の世話をせねばならぬな」

「以前にも申しましたが、わたしはけっこうです。先生のおそばで働くほうが楽しい。しかし、それでは先生のお気がすまぬというのでしたら、わたしの給料を少しふやして下さい」

「賢明なやつだな。今後も、わたしの片腕となって働いてくれ」

武左衛門は面白半分だからいいが、ほかの門弟たちは真剣。つぎつぎに新入りを連れてくる。なんだかんだで、五千人ほどにふえてしまった。

「先生、こんなにふえて大丈夫なんですか。全部が仕官できるとは、とても思えませんが」

門弟に聞かれ、正雪は答える。

「ふえればふえるほどいい。幕府も気にしはじめるにちがいない。そこへわたしが出かけていって、いい対策を進言する……」

才能のある浪人組合連合が大きくなってくると、これがひとつの圧力団体。放置しておくことができなくなる。そっくりそのまま、ひとつの藩として、一地方を与えてくれることとなろう。となると、おまえたちは、すなわち武士になれる。

「しかし、そんな地方は、国内のどこにも残っていないでしょう」

「いや、あるのだ。津軽《つがる》のさらに北に、えぞという大きな島がある。広大にして、みのりゆたか。金銀がたくさんとれる。三十万石ていどの価値はあるだろう。みな、えぞ藩、三十万石の家臣になれるのだぞ……」

でまかせもいいところ。しかし、正雪の口から聞かされると、なんとなく本当らしく思えてくるのだ。

うわさがひろまり、門弟がふえてゆく。町人のなかからも入門したがるのがあらわれてきた。しかし、大部分は浪人。そうそう月謝も生活費もつづかない。仕官の実績もあがっていない。正雪の弁舌をもってしても、だんだんごまかしきれなくなってきた。破局の時が近づいてきた。

門弟たちがさわぎはじめる。その連中にかつがれ、丸橋忠弥が槍をかかえて乗り込んできた。

「きょうは、正直なところを聞きたくてやってきた。このように、みなが不安がっている。なっとくのゆく返事がえられなければ、この場で貴殿を刺し殺す」

「案はある。しかし、その前にみなに聞くが、それほどまでに仕官したいのか」

正雪が言うと、忠弥のうしろに並んだ門弟たちがうなずく。

「当り前のことです。このあいだの、えぞ藩の件はどうなりました」

「先日、幕府の要職にある人に会って、その説明をした。はなはだけしからんことだが、その計画をそいつが横取りしてしまった。自分がやるつもりになったのだ」

「すると、先生、みこみなしですか」

「そんなことはない。考えに考え抜いた計画がある。だが、絶対に秘密にしておいてもらいたい」

「わかりました」

「いいか、このように失業者が多いのは、体制がよくないからだ。これにゆさぶりをかけねばならぬ。大乱を起こそう。それ以外に現状打破の道はない。いま仕官している無能なやつらと、われわれの集団と、どちらが才能においてすぐれているか、実力行使で世に示そうではないか。地位とは、戦って勝ちとるべきものなのだ……」

　正雪は熱をこめて話した。いつもとちがって、歯ぎしりをし、涙をうかべ、手を振りまわしてしゃべった。もちろん芝居なのだが、みなには信念にもとづく発言に見えた。しかし、その内容にはびっくりした。

「不穏きわまることのようですが」

「そう思う人は、その人の好きなようにしたらいい。しりごみするようでは、武士として不適格としか思えないがね。わたしは正気だ。成功うたがいなしの作戦があり、その準備をひそかに進めてきた。紀伊の殿さまとも打合せがついている。大名たちのなかにも後援者がいる。それらの応援が加わるのだ。それによって、だめな藩はつぶれ、いい藩が残る。このくわだてが成功したら……」

　すなわち、失業のない、だれもが生きがいのある、平和と繁栄と安定の世の中ができる。そのためにも、これは乗り越えねばならぬ試練なのだ。正雪は時に激しく、時に冷静に、自信ある口調で語った。

　青くなっていた門弟たちも、ここまでふみこんでしまっては、もはやあとにひけないことに気づく。ほかにはなにも方法がないらしいのだ。落ちぶれて死ぬか、ここで一発勝負をやるかだ。

　丸橋忠弥が言う。

「わかった。やるぞ。わしは勇ましいことが好きなのだ。このままずるずると生きのびても、ただの道場主としてしか後世に残らぬ。名も忘れ去られるだろう。それでは面白くない。成功すれば、わしは一国のあるじになれる。万一だめでも、はなばなしく戦って、槍の実力を天下に示せるのだ。武者ぶるいがしてきたぞ……」

忠弥の軽々しい性格があらわれた。こうなると、ほかの門弟たちも従わざるをえなくなる。

実行計画のくわしい検討に移る。

「いいか、まず江戸に火を放って、大混乱におちいらせる。風がこちらからの時は、ここに火を放つ。こちらから風が吹く時は、ここだ。江戸城内にも火をつけなければならぬ。かつて凧《たこ》にタイマツをつけ、城内に送りこもうとしたやつがいたが、うまくいかなかった。もっといい方法を使わねばならぬ……」

各人の配置と行動について、自信満々たる解説。やるつもりがないのだから、いいように断定できるのだ。それがみなにはたのもしく見えるのだった。声をひそめて、こうつけ加えたりもする。

「……大きな声では言えないが、成功は確実なのだ。幕府のほうでも、じつは腰抜け旗本たちに手を焼いている。だが、やめさせるわけにはいかない。この際、われわれに始末してもらいたいというのだ。適当なところで、紀伊の殿さまが乗りだし、事態が収拾されるてはずができているのだ……」

まわりを見まわし、こうも言う。

「……しかし、軍資金がもう少し欲しいところだ。わずかな金の不足でだめになったら、こんなつまらぬことはない。最後の努力をしてもらいたい。出世できるかどうかの境目だぞ」

うまいこと言って、なけなしの金を出させてしまう。正雪はまた、商人たちを呼ぶ。ここには五千人の門弟がいる。統一がとれないので、そろいの服装にきめようと思う。各人の使う日用品も、すべて同じ品質のにしたい。格差は好ましくないことなのだ。で、それらを一手にあつかう店をきめたい。

商人にとっては魅力ある話。五千人を相手の商売なのだ。門弟にそっと聞くと、近いうちに景気がよくなるのは確実との答え。商人たちは正雪に金を運び、ぜひうちの店を指定して下さいとたのみこむ。

正雪は門弟たちを集めて決断を下した。

「決行は一か月後ということにする。江戸の指揮者は、丸橋忠弥殿におねがいする。わたしは、駿河で紀伊の殿さまの軍を迎え、それをひきいて江戸へ乗り込む。留守中の事務的なことは、林武左衛門にやってもらう」

武左衛門、神妙に答える。

「わかりました。必ず成功させます。いってらっしゃいませ」

正雪は金を持って出発していった。その前に、庭に穴を掘り、なにやら地面に埋めた。よくよく埋めるのが好きな男。

はじめから、正雪には反乱などやる気がなかった。あとは野となれだ。金は手に入った。紀伊にはあの時の金が埋めてある。それを掘り出し、雲がくれしてしまえばいい。

そして、どこかの山奥の寺にでも入り、しばらく坊主となって日をすごす。それから姿を変え、のんびりと人生を楽しめばいいのだ。ひまを持てあますこともあるまい。おれにだまされたばかな浪人たちを思い出せばいい。思い出すたびに、くりかえし、にやにや笑いがこみあげてくるだろう。もし、それにもあきたら……。

なにしろ金がたくさんあるのだ。なんだってできる。


正雪が江戸から出たあと、林武左衛門はそれを地面から掘り出してみた。彼は物かげから、なにかが埋められるのを見ていた。

この一件の計画書その他の書類が出てきた。もはや不要なのだから焼き捨てればよかったのだが、煙があがると他人に気づかれ、同志たちが不安になるかもしれない。そこで、埋めるという方法をとった。それを武左衛門に見られたのが不運だったし、それが武左衛門だったから、最悪のことになった。

武左衛門は掘り出したそれを持って、兄の理左衛門のところへ行った。

「兄上、仕官したくはありませんか」

「それはしたいさ。だんだん金がなくなってきて、思うように酒も飲めない。しかし、仕官するいい方法がないのだ」

「ありますよ。これを持って、幕府へ訴え出るのです。まだだれも知らないはずです。不穏なうわさとなって一部に流れているかもしれないが、証拠になるものはないはずだ。ここにそれがある。恩賞と仕官、まちがいなしです」

と書類を出す。兄は見て肝をつぶす。

「すごいものだな。ひょっとすると、これは成功するかもしれない。わたしも参加したくなってきた。まにあうかな」

「だめですよ、そんな気になっては。これはただの机上の空論なんですから」

「それだったら、なんということもないではないか。幕府に訴え出ることもあるまい。笑われるだけだ」

「じれったいな。兄上、世の中は、他人を出し抜かなくてはうまい汁にありつけないのです。わたしは、そのことをいろいろ学んできた。こんな機会はありませんよ」

「そういうものかね」

「この架空の計画書を、現実に変えてしまえばいいのです。ぐずぐずしていると、正雪が消えてしまう。江戸に残った連中も、連絡がこないので、だまされたことに気づく。ひどい詐欺にひっかかったとぼやくでしょうが、大事件はなにも起らない。そうなっては、この書類の価値もなくなる。利用できるのは、いまのうちです」

「そうかもしれぬな。やってみるか。だめでも、もともとだ」

「そうですよ。しかし、どうでもいいなんて気分ではいけません。血相を変え、深刻な表情で書類を持ちこまなければだめですよ。真に迫っているかどうかが、仕官の成否をきめるのですから」

「わかった。しかし、おまえ、正雪先生を裏切ることになるのだぞ。主君にそむいて平気でいられるのか」

「わたしに分け前をくれたのならべつですが、そうじゃない。善良なる浪人たちをだまし、金を持ち逃げした男です。主君とはいえない。だが、師ではあるかもしれないな。そうだとしても、わたしがこんな知恵を出すようになったのは、もとはといえばその教えのためだ。この師にして、この門弟ありです」

「なんだかしらないが、おまえが平気なら、わたしも気が楽だ。では、一大事とかけこむか」

兄の理左衛門は一件書類を持って訴え出る。これが幕府への情報第一号。役人たちは、なかなか信じようとしなかったが、正雪の門弟を二人ほどつかまえて聞きただすと、どうやら本当らしい。

ただちに手配。まず丸橋忠弥が召しとられた。寝ているところを「火事だ」とだまされ、そとへ出たらとっつかまった。

「奮戦もせずにとらえられたとは、残念でならぬ」

忠弥はまだ本気で信じている。その言葉により、幕府は正雪への追手をかけた。

正雪は、ゆうゆうと駿河までやってきた時、宿を追手にとりかこまれた。しまったと思うが、もはやどうにもならぬ。

完全犯罪に唯一の手ぬかりがあった。あれは金もうけのためのでまかせだったと弁解しようにも、そのための証拠、証人のたぐいは、なにもない。門弟たちはみな、成功を信じているのだ。

ついに正雪、自己の作りあげた架空の幻影にがんじがらめにされ、身動きがとれなくなった。思い出の記念にと持ってきた門弟名簿を焼き、いさぎよく自刃。

「もう少しというところだったのにな。しかし、くやしがることはない。ただの農民の子にうまれ、ばかな浪人たちをだましつづけてきたのだから、人生は面白さの連続だった。禄《ろく》にしばられた武士、金にしばられた商人、そんなのよりはましだったろう。だが、おれももっと後世に生まれれば、あるいは成功と天寿とを二つとも手にできたかもしれない」

これが最期の言葉。正雪、四十七歳。時に慶安四年、七月二十六日。

幕府の側から見ると、大不祥事を未然に防げたことになる。これが現実化していたらと思うと、ひや汗が出る。

したがって、訴え出た者への恩賞がはずまれた。なかでも、証拠書類を持ってきた林理左衛門は最高の功労者。五百石で幕府に取り立てられることとなった。

架空のものをたねに、理左衛門はみごとに仕官ができた。弟に言う。

「おかげで仕官できた。しかし、もとはといえば、おまえのおかげだ。すまんな」

「いいんですよ。わたしが仕官したら、残党たちがだまっていない。あいつのおかげで計画が水のあわになったのだと、つけねらわれて、ばっさりやられます。その点、兄上なら大丈夫です」

「そうかもしれぬな。おまえは、わたしのところで一生遊んで暮していいぞ」

「そうするつもりです。といっても、一生ではない。二年ほどです。しかし、正雪という人は、妙な人物だったなあ。あんなのは、めったに出ない。こうなると、正雪は反逆精神の持ち主だったということになり、いつまでも語りつがれるかもしれない。わたしが伝説を作ったようなものだ。これで、いろいろ教えられたご恩がえしがすんだともいえそうだな」

ことはおさまった。二年がたち、人びとの話題からも遠ざかっていった。武左衛門は兄に言う。

「しばらく旅に出てきます」

町人の姿になっている。それを見て、兄は聞いた。

「武士をやめるのか。なにをやるのだ」

「まだ残党の目を警戒していたほうがいいと思いましてね。それに、本気で商人になろうと考えたのです。西のほうへ行って、いい商売のたねをさがしてきます」

「旅費がいるだろう」

「それはあるのです」

武左衛門はふところをたたく。兄には秘密だが、そこには書類が入っている。掘り出した一件書類のなかから抜いておいた、紀伊の埋蔵金の場所をしるした地図と、江戸の放火計画書の二枚。

正雪はわざと地図を残していった。埋めた場所は自分がおぼえている。あとでだれかが地図を見つけて、胸をおどらせて出かけていっても、からっぽ。紀伊の徳川家もさわぎに巻きこまれるだろう。人の悪いいたずらでもある。しかし、正雪は途中で死に、この地図には大変な価値がある。

武左衛門は紀伊に入り、みごと埋蔵金をみつけた。大藩の紀伊徳川家と由比正雪との協力の成果。かなりの金額だった。頼宣が欲につられ、気前よく出したとみえる。

さて、これをどうやって江戸に運ぶかだ。持って運ぶとなると、江戸まで何回も往復しなければならず、関所で怪しまれる。

となると、船しかない。武左衛門はぼろ船を買い、船頭をやとう。

「どうだ、江戸まで行ってくれぬか。途中で寄港せずに、江戸まで直行してくれ。賃金は普通の倍を払うぞ」

「金になるのなら行きますよ。で、旦那《だんな》はどなたで、なにを運ぶのです」

「武、いや、文左衛門という者だ。積荷はみかんだ」

これからあとは、くわしく書くこともない。簡単にしるすにとどめる。みかんの籠《かご》のなかに小判が分散され、船につみこまれた。出航。

「さあ、行こう。ぶじに着いたら、酒代をはずむぞ。命がけでたのむ」

命をかけようにも、航海は平穏、なんということもなかった。荷は江戸に運べた。

武、いや、いまや文左衛門は、材木の買いつけにかかった。この当時、材木の問屋は、幕府の許可なしでだれでもやることができた。

大名家をおとずれ、領内の山の木を売ってくれとたのむと、すぐ飛びついてくる。大名と威張っていても、どこも内情は苦しいのだ。少しだけ手付けを払って、どんどん契約する。

材木が金になると聞きつたえた大名は、ぜひ買ってくれと、材木に仕上げて勝手に江戸の文左衛門に送ってきたりする。代金の払いは、半年先でも一年先でもいいからと。

そして、明暦三年の一月十八日。正雪の死から、約五年半。

この日、二か月以上も雨が降らず、乾いた強い風が吹き荒れていた。昼ごろ、火のついた振袖《ふりそで》が、何枚も空に舞いあがった。正雪の放火作戦の計画書にあったごとく、油をしませて火をつけたものだ。

「あれ、燃えている振袖が……」

と空を見あげて人びとがさわぐ。まさか放火とは、だれも思わない。なにやら怪奇めいた感じさえする。あれはきっと、結婚前に病死した、美しい若い娘の思いのこもったものにちがいない。この世への執念を、江戸の空で燃やしている。おそろしいことだ。などと「振袖火事」の物語を作りあげてしまった。

そのひとつは江戸城内へも落ち、建物を炎上させた。町の各所も燃えあがる。文左衛門はつぶやく。

「すごいものだ。正雪先生にも見せてあげたかった。いやいや、先生はこんなことをやるつもりなど、なかったのだったな」

大火災は江戸のほとんどを焼きつくした。材木の値はとてつもなくはねあがった。あっというまに、文左衛門は成金となる。

これが江戸の景気への刺激にもなった。商人は忙しくなる。職人にはいくらでも仕事がある。失業者はへった。焼死した家臣の補充がなされ、浪人のなかには仕官できた者もかなり出た。

大名は領地から金をとりよせればよく、旗本の禄《ろく》は幕府から保証されている。役所役宅などの建物は、幕府が作ってくれる。親方幕閣《ばっかく》。損をした者はあまりいなかった。江戸の町並みは整理されて再建、以前にくらべ見ちがえるようによくなった。

いまや文左衛門、材木業界の第一人者。結婚をして、男の子がうまれた。豪遊しながら毎日をすごす。

豪遊の時に、大名の江戸家老を招待したりする。

「お金にお困りでしたら、ご領地の山林を担保にお貸ししますよ。うちの店の番頭を、そちらの国元の山林奉行に紹介して下さいよ。あなたにも悪いようにはしませんから……」

と金をにぎらせる。また、幕府の役人を招待することもある。

「建築工事の時には、材木のご注文を。お安くしときますとは言いませんが、高くしていただいたぶんだけ、あなたにさしあげますよ。どうせ幕府の金じゃありませんか」

とリベートの約束をする。豪遊が仕事をも兼ねていた。

時には兄の林理左衛門を遊びに呼ぶ。

「兄上、わたしもなんとか商人でやっていけそうです」

「すごい景気だな。こんなに成功するとはな。なにやらうさんくさい」

「どうです、兄上。また訴え出てみたら。あの文左衛門は正雪の残党だと」

「そんなことをして、どんないいことがある。おまえにごちそうしてもらえなくなる。第一、なにがどうなっているのか、わたしにはわからんのだ」

「そういうことです」

それから江戸の街には、何年かごとにちょっとした火事があった。べつに文左衛門が火をつけたわけではなかった。天候のかげんというところか。

そのたびに材木を売り、その金を山林につぎこんでおけばよかった。幕府の役人のなかには、文左衛門からのリベート欲しさに、建築工事を計画する者もあった。

苦しくなるのは、幕府の財政だけ。インフレの進行。しかし、山林を押えている文左衛門は、もうかる一方。あいかわらず金まわりがいい。正雪の残党と疑われないようにと、むやみやたらに豪遊する。しかし、財産はいっこうにへらないのだ。

成長してきた息子に言う。

「全財産を、なんとか遊びに使いきってやろうと思っているのだが、むりなようだ。気がかりだ。わしが死んだら、あとをついで豪遊をつづけてくれ。それがなによりのわしへの供養だ」

「しかし、時勢が変って、店がつぶれたらどうしましょう」

「そうなったら、それまでさ。楽しんだだけよかったと思って、いさぎよくあきらめればいい。むかしわしが教えを受けた人も、そうだった」

連日連夜、金をばらまいて遊んでいると、伝説はまわりが作ってくれる。文左衛門は幼少の時からちがっていた。目のつけどころがいい。実行力がある。

勇気があって、みかんをつんだぼろ船で、荒海を越え……。

荒海を越えた冒険談は、取り巻きたちにより、しだいにリアルな物語に作り上げられていった。

おせじ、ぜいたく、美女、料理、酒、美服、きらきら、ぴかぴか。そして唄《うた》……。

沖の暗いのに、白帆が見える

あれは紀の国、みかん船

それを聞いていると文左衛門は、なんだか自分が、本当に自己の才能と努力とで成功したような気分になってくるのだった。

すずしい夏

ある藩。江戸から北へ、かなりはなれた地方にあった。大きな藩ではないが、このところずっと平穏で、とりたてていうほどの問題はかかえこんでいなかった。殿さまは三十歳。年齢なんかどうでもいい。殿さまはお飾りのごとき存在で、それ以上でも以下でもなかった。

藩政の実質的な当事者は城代家老。四十歳ぐらいの男だった。家老職の家柄であり、先代の殿の側室の娘を妻としていた。頭の働きも悪くはなく、貫録もあり、お家おもいであり、私欲もほどほどで、城代家老としてまあまあといえた。もっとも、だれがやっても大差ないという、平穏な環境だからで……。

初夏。城代家老は城中において、ほかの家老や各奉行などを集めて、会議を開いていた。

「江戸屋敷からの手紙によると、このところ米の値があがりかけているとのことだ」

「それはけっこうなことで……」

列席者たちは微笑した。武士は禄《ろく》を米で支給される。だから、米の値上りは収入の増加を意味し、喜ばしいことといえるのだ。城代家老は提案する。

「このさい、藩にある米をいくらか処分し、金にかえておこうかと思う」

「いいことだと存じます。いっそのこと、お蔵にあるのをぜんぶ売ってしまったらどうでしょう」

だれかが意見をのべる。

「いやいや、いくらか残しておいたほうがいい。売り急ぎ、あとでもっと値が高くなったら、後悔する」

「しかし、収穫期になれば値下りするだろう。時期を失したら、もうけそこなう」

相談のあげく、三分の一ほど残して、あとを売ることにきまった。城代家老は結論を口にした。

「では、そのように殿へご報告する。いつも商人に米を買いたたかれてきたが、今回はそのかたきをとれそうだ」

みな同感だった。財政がゆたかになることを考えると、笑い顔となる。たまには商人に高く売りつけなければ……。

しかし、こういうことにかけては、やはり江戸の商人のほうがうわてだった。

まもなく夏となったのだが、例年の夏とちがっていた。あまり暑くならない。このままだと冷害にあい、凶作になりかねない。老齢の家臣のなかには、それを心配する者もでてきた。どうやら、江戸の米商人は、気象の変化を敏感に察知し、冷害を予想して米に高値をつけたらしかった。

それに気づいた時には、もはや手おくれ。米は運ばれてしまったあとだった。あわてて買い戻しの交渉をはじめたが、足もとをみられ、売った値の倍ちかい額をふっかけられた。あまりにばかばかしく、なんとかなるだろうと、話をうちきってしまった。武士にはいさぎよいところがある。

多くの家臣には、凶作の実感がなかった。城代家老にしても、幼時の記憶がかすかに残っているだけだった。かつてこの藩が凶作にみまわれ、なんとか切り抜け、やっと豊作の秋を迎えた時のことだ。領民たちは、ずっと空腹をがまんしつづけてきた反動で、新しい収穫米をとめどなく食べた。その食べすぎで、かなりの死者が発生した。

あまりにも奇妙なことで、城代家老は当時おとなから聞かされたこの話だけをおぼえている。だから、凶作と聞くと、食いすぎによる死を連想してしまう。深刻さより、こっけいを感じる。つまり、どこかずれており、体験が身についていない。城代より年齢の下の者については、いうまでもなかった。禄は必ず支給されるものと思いこんでいる。

年配の家臣のなかには、いやな予感に顔をしかめる者もあった。しかし、その警告に耳を傾ける者はあまりいなかった。どう大変なのか知らない者が大部分であり、だれだって、いやなことは考えたくない。そんなわけで、凶作のうわさは、表だたない形でささやかれるだけだった。だが、農民はいくらか浮足だっている。

この不安を静めなければならなかった。城代家老は、そのための手を打った。藩内の神社や寺において、豊作のための祈禱《きとう》が盛大におこなわれた。祈禱の文句は重々しく力強く、天の神に聞きとどけられたのはたしかだった。それには殿も参列し、祭礼はにぎわった。若い家臣たちは話しあう。

「これで大丈夫でしょうな」

「ええ、なんとかなりますよ。いままでだって、なんとかなってきたのですから」

しかし、祈禱の効果はなかった。気温はいっこうにあがらない。盛夏になっても、うすら寒さがただよっていた。これが米にとっては大敵なのだが、武士たちはのんきだった。

「しのぎよい夏で、けっこうですな」

「まったくです。夏やせにもならず、ぐあいがよろしい」

すずしかった夏がすぎると、凶作の現実はしだいにはっきりしてきた。みのり豊かな光景という見なれたものにならず、田はさびしげなながめだった。

秋の収穫期となる。その約半分が年貢として藩に納入される。豊作の時なら問題はないが、凶作となるとことだ。農民たちは、半分を持っていかれたら来年まで食いつなげないと泣きつく。一方、藩にとっては、ぜがひでも取らねばならない。家臣たちの生活の基礎は、この米以外にないのだ。家臣たちが飢えてしまう。絶対量が少ないのだから、半分といっても、例年にくらべれば大はばな減少なのだ。

農民のなかには、なけなしの金をはたいて、見まわりの役人に賄賂《わいろ》を渡す者もあった。凶作のこわさを知っている者は、金よりも年貢の手かげんのほうを望む。そんなことを知らぬ武士のほうは、思わぬ役得にまんざらでもなかった。

藩としても、あまり無茶な取立てがよくないことは、知識としてこころえていた。収穫を根こそぎ巻きあげてしまったら、農民たちが倒れ、あるいは逃亡してしまう。そのあげく、つぎの年の収穫が大きくへり、さらに財政が苦しくなる。避けねばならぬことらしいのだ。

というわけで、藩の蔵に集められた米は、はなはだ少なかった。そのなかから藩の運営に必要なぶんをべつにし、残りを石高《こくだか》に応じて配分する。だから、家臣ひとりあたりとなると、驚くほどの少量だった。凶作とはこのことかと、みなあらためて考えこむ。

そうこうするうち、殿が「あとはよきにはからえ」との言葉を残し、江戸へと旅立っていった。これは参勤交代。一年おきに江戸と国もとに居住する制度。予定の変更は許されない。勝手に中止したりしたら、幕府ににらまれ、おとりつぶしにされてしまう。参勤交代にはかなりの金がかかるが、これは絶対必要な経費なのだ。

家臣たちは、現実に支給された米の少なさに、あわてはじめた。これはただごとでない。しかし、家老に抗議をするなどという発想は持ちあわせていない。また、腹を立てて他国に出奔《しゅっぽん》しようなどと考える者もなかった。よそで仕官できるわけがない。商人になる才能もまるでないのだ。

この藩にいて終身保証にしがみついている以外ない。

どの家臣たちも、緊縮政策のほか思いつかなかった。どこも使用人たちにひまを出した。わずかな米で来年まで食いつなぐためには、余分な人数を整理せねばならぬ。本来は禄高によって使用人の人数もきまっているのだが、そんなことはいっていられないし、藩も大目にみた。

武家の夫人や子女たちが、なれぬ手つきで雑用をはじめた。失職した使用人たちは、それぞれ農家へもどってゆく。

農民たちは、これを計算に入れていなかった。若党や中間《ちゅうげん》、あるいは下働きの女として奉公先で食っててくれるものとばかり思ってたところへ、なんにも持たずにころがりこんできたのだ。そんな食料の用意はない。どこもいい顔をしなかった。

その失職した若者たちは、会うたびに不平をこぼしあった。何人かのいきのいいのは「こんなとこにいられるか」と藩を出て、天領にむかった。幕府の直轄地のことだ。農業のやりかたを知らず、武家に奉公していたため、みようみまねで刀のふりまわしかたを知っている。すなわち無宿渡世人《むしゅくとせいにん》の発生。藩もそれは黙認した。よそでなにをやろうと、知ったことではない。

その決心のつかぬ連中は、食う物はなく腹はへる、強盗を計画した。自分の村でそれをやるわけにいかず、はなれた村へ出かけていった。最初の二回ほどは成功したが、たちまち村に自警団ができ、とっつかまって竹槍《たけやり》で殺され、みせしめのためカカシのごとく死体をさらされた。いまや食料防衛はすべてに優先する。藩はそれを黙認した。ぶっそうなやつらがへるのはいいことだ。

このどさくさで自警団の仕事にありつけた者は運がよかった。しかし、そうでないのもたくさんいた。それらは集り、不満分子をなかまにし、扇動をはじめた。なにかごたごたを起さぬと、食にありつけない。

郡奉行《こおりぶぎょう》は、これを城代家老に報告した。

「どうも雲行きがおかしくなりかけています。このままだと一揆《いっき》が発生しかねません」

「しばらくようすを見るとしよう。できうれば、うまくそそのかせ」

「一揆をおこさせるとは、どういうおつもりで」

「その計画はこうだ……」

城代家老は計画を指示した。役人たちが意外におとなしいのをいいことに、不穏な動きが高まり、ことは一揆に発展しかけた。そこへ待ってましたとばかり藩の一隊が出動し、すべてを逮捕し、首謀者たちを処刑した。扇動されて加わった者のうち、引取人のある者だけ釈放してやる。これでかなりの不良分子が整理でき、また秩序のきびしさを示すことができた。

しかし、ちょっとひどすぎるとの声も残り、くすぶっている。城代家老はつぎに、藩内の商人に対して、在庫米を申告するよう命じた。つづいて、実地に確認する。いくらかの食いぶちを残し、あとを強制的に買い上げようというのだ。城代家老は、その担当の武士たちに言う。

「申告は集ったが、どうせ真実ではあるまい。申告外のものは、すべて没収する。商人の隠匿米の摘発を徹底的におこなうのだ。のんきにかまえていると、われわれは飢え死にをしなければならなくなる。お家の危急存亡の時だ。賄賂を取って手かげんしたりする者があったら、切腹を申しつけるから、そのつもりでいてくれ」

米をかくしていそうな商店に、片っぱしからあがりこんでやさがしをした。非常の場合のためにと正当に入手しておいた米を取りあげようというのだから、無茶ともいえる。もっとも、商人のほうも、これは予想していたこと。巧妙な手段でかくしている。まさに知恵くらべの宝さがし。

壁を二重にし、そこに米をかくしているやつ。便所のそばの床下にかくしているやつ。天井裏にかくしたり、銭箱に入れてさりげなくつんであったりもした。それらがつぎつぎに発見され、押収された。

店員をしめあげると、こんな答えもあった。

「わたしはよく知りませんが、棺《かん》に入れてなにかを墓地に埋めたようですよ」

行って掘りかえすと、棺おけが出てきた。しかし、ふたをとると、なかは死体。あわててもとにもどした。その棺の下に米がかくされていたのだが、そこまでは役人も気づかなかった。知恵のある者だけが得をする。

火鉢の灰の下にかくしたり、ふとんのなかに入れてつみ重ねてあったり、さまざまな方法があった。二割ぐらいは発覚をまぬかれたようだ。

押収した米の大部分は、お城の蔵に運びこみ、一部分は農民たちにくばった。予期しなかった米の特配で、もやもやしていた不満な空気も一時的におさまった。

城代家老はない知恵をしぼり、あるいは他の者と相談しながら、なんとかことを運んでいる。これは幕藩体制だからできたことだ。つまり、つねに一種の戒厳令の状態、藩内における司法権を幕府からまかされている。

しかし、うまくいかないこともある。城代はとなりの藩へ使者を出した。いくらか米を貸してくれぬかとの交渉だ。使者が帰ってきて、報告をもたらした。

「となりの殿さまは、大変な名君でございます。なさけぶかく、先見の明があり、誠実で温厚で、敬神の念があつく……」

「うむ。で、米を貸してくれるのか」

「だめです。あそこもかなり冷害にやられていますが、不時の用意にと、米をたくわえている。先見の明のある名君で、家老たちもそれにならっている。目先の値上りに気をとられ、売っぱらうようなことをしていません」

「よけいなことを申すな」

「領民はわが子同様である。ひとりたりとも飢え死にはさせぬと言っております。じつに、なさけぶかい殿さま。そのために、となりの藩でいかに人が死のうが、かまっていられないとのことで、米は一粒も貸すことはできないと……」

「まったく、なさけぶかいものだな」

「帰りがけに、忠告されました。餓死者が多くなると、領地の統治不行きとどきで、幕府ににらまれおとりつぶしになりかねないと」

「そこを最も心配しているのだ。おとりつぶしになると、家臣全員が失業、武士のほかに生き方を知らぬ者ばかりだから、みな野たれ死にとなる。もうひとつのとなりの藩は、どんな方法をとっているのだろう。やはり冷害にやられているはずだが」

「あそこは参考になりません。あそこの殿は、将軍家の親類から養子にこられたかた。いざとなると、幕府から金を借り出せる。それで米を買いこんでいるのでしょう。うらやましい。ここでも、将軍家か老中につながりのあるかたを迎えることができれば……」

「おいおい、殿や若君のご不幸を期待するようなことを申すな」

農民のなかには、田を捨てて他藩へ逃亡しようとする者も出はじめた。藩はそれを禁止した。耕作する者がいなくなったら、つぎの年に困るのだ。それに、藩内の悪評がよそにひろまるもとにもなる。

それへの警戒をしようとしたが、そう厳重にやらないでもよかった。となりの藩のほうが手まわしよく、武士と領民とによる自警団を作り、国境をかためている。領内にはいってこられると、それだけ食料が不足するわけで、その防止のためだ。越境者を見つけしだいつかまえて、引き渡してくれる。

「きょうは五人、たしかにおかえしいたしますぞ」

「お手数かけ、申しわけない。ついでといってはなんですが、今後、つかまえたやつに対し、こっちはもっと悲惨だ、自分のとこにとどまっていたほうが賢明だと言ってくれませんか。逃亡しようとする者がへるかもしれない」

「ききめがあるかどうかわからぬが、やってみましょう」

「かたじけない。ついでにもうひとつ。弁当のにぎり飯をひとつわけてくれぬか。われわれは弁当なしなのだ」

「いいかげんにしろ。事態はもっとひどくなるぞ。越境者がふえはじめたら、いちいち送り返すようなことはしない。みせしめのために処刑し、死体にして投げかえす」

藩から他へ逃亡する者への警戒は、天領に接する一帯に重点をおけばよかった。

身売りする女がぽつぽつあらわれた。これは藩外へ出してやる。女は、いまや唯一といっていいほどの輸出品なのだ。

女には商品価値があるが、男は売ろうにも売れない。出かせぎなどない時代だ。そこで藩の知恵者が考えつき、渡世人の養成所を作った。ばくちのやりかたを速成教育する。凶作が終ったら帰ってくるようといいふくめる。そして、数人を一組にし、浪人風の身なりになった腕のたつ家臣をそれにつけ、天領へ出してやる。家臣は監督兼用心棒の役目だ。なんとかよそで食ってきてもらいたいとの、苦肉の策。

しかし、この世界はそう甘いものではない。ばくち場へ行き、金がなくなると、途中でいんねんをつけてあばれ、持ち逃げをする。切りあいになることもあるが、こっちには武士がついている。一人や二人が切られても、なんとか逃げることができた。だが、くりかえすうちに人数がへり、武士だけが帰ってくる。あまり成功とはいえなかった。

そのたぐいの一団は、藩内から女を連れて帰る人買いをみつけると、難題をふっかけ、女を手放させたりもした。女はさほど喜ばない。食料のない村に戻るより、まだ売られたほうがいい。しかし、一団は女を藩内に追いかえす。つまり、もう一回身売りをさせようというわけ。

最初のうちはうまくいったが、こうなると人買いもこなくなる。またも苦しまぎれの案が出た。藩営の遊廓《ゆうかく》を作ろうというのだ。このほうが利益もあがるのではないだろうか。藩内を通る道にその建物がたてられた。

やってくる旅人を強引によびこみ、強引に女をあてがい、強引に金を払わせる。なかには藩の奉行所に訴える者もあったが、とりあげてくれるわけがない。旅人はあたふたと逃げてゆく。しばらくは、けっこう利益をあげてくれた。もちろん、女たちの管理は厳重で、とくに凶作についてしゃべらぬよう、注意がなされた。しかし、米がとくに与えられるので、女たちはさほど不満ではなかった。

このころまでは、まだしもよかった。とぼしいとはいえ、収穫の残りがいくらかあった。晩秋になると、一段と悪化してくる。食料事情のよくなるわけなどないのだ。

まず、捨て馬となってあらわれた。人の食うものが不足なのだから、馬にえさを与えるどころではない。武士たちがひそかに馬を捨てはじめた。本来は許されぬことだが、これまた藩としてうるさくもいえない。農家は耕作用の牛を捨てた。

牛馬はあたりをうろつき、畑に残るわずかな作物を荒し、ワラを食い、ろくなことをしない。どこでも農民たちは追い払った。牛馬はしだいに山のほうに移る。

山奥に住むきこりや猟師たちは、その牛馬を殺し、肉をとり、城下へやってきて、シカだとかイノシシだとか称して売り歩いた。四つ足を食ってはいけないという観念が支配している時代だったが、それは牛馬など家畜のこと。それ以外の動物に対しては、内心の抵抗はあったが、許されない行為というわけではなかった。

抵抗はあっても、背に腹はかえられない空腹。第一、馬や牛の肉がどんな味なのか食ったことがないのだから、判断のしようがない。クマの肉だウサギの肉だと言われれば、そう受けとってしまう。うそも方便。猟師たちはいくらかもうけ、城下の者たちはいくらか栄養を補給できた。しかし、やがてその肉もつきた。

冬が迫るにつれ、野から緑のものがへっていった。これまでは、なんだかんだといっても、草をつんできて食べることができた。しかし、それもなくなったのだ。

こうなると、山へ入って、そこの草の根を掘ったり、木の皮をはいだり、こけを集めたりし、それを食う以外にない。

あるいはワラを食べる。ワラをきざみ、土鍋《どなべ》であぶって水分を除き、石臼《いしうす》で粉にし、それをねって丸める。見たところは食物のようであり、いくらか腹がはった気分にもなれるのだ。

馬が食うのだから、というわけだろうが、人間にはワラを消化する能力はないのだ。新しいワラでなく、台所や部屋の使い古したワラのむしろも、そうして食った。かつて料理がこぼれたり、汗がしみこんだりし、塩の味がするのだ。すでに塩を買う余裕さえなくなっている。海辺の者は海水を使えるが、そうでない者には山と海の往復などできない。古い洗ってない野良着を煮ると、そこからも塩味がとれた。

普通なら冬は農閑期、体力を使わずにすごしていられる。しかし、こうなってくると、木の皮や草の根を集めに、寒いなかを山へ出かけなければならない。疲れる。それをおぎなうために食わなければならないわけだが、最低の粗食なので、たくさん食べる必要がある。

　より多くの量が必要になるが、やがて木の皮を集めるのに、より山奥へ入らねばならず、草の根よりも深く掘らねばならなくなる。さらに疲れ、さらに食わなくてはならなくなる。典型的な悪循環《あくじゅんかん》。そのうち消化不良で下痢をしたりする。まず働きざかりの者からまいってゆく。

　藩の武士が定期的に村々を調査してまわる。窮状を見ても助けようがないのだが、それが仕事なのだ。冬枯れの畑のなかなどに、ごろごろと死体がころがっている。白骨になりかけているのもある。寒い季節なので、腐臭がさほどでなく、その点だけがまだしもだった。見まわりの武士も、いちいちなげいてはいられなくなっていた。

「おい、だれかいるか」

　一軒の家に入って、大声をあげる。風の吹き抜ける奥の部屋から、うめき声がした。やせおとろえた老婆が横たわっている。武士は話しかける。

「おい、元気を出せ。ほかの者はどうした」

「ほかにはだれもおりません。死んでしまったり、山へ行ったまま戻らなかったりでございます。お役人さま、そこの仏壇の奥にお金があります。それをさしあげます」

　それをさがしだした武士が言う。

「なるほど、かなりまとまった金だな。これだけあるのなら、城下へ行って魚でも買って食べればいいのだ。いまからだってまにあう。そうしたらどうです」

「そんなことをしても、お金を使いはたせば、いまと同じことです。家族たちは、みな死んでしまった。生きのびるのは、つらいだけです。そのお金がむだになるのではないかと気がかりで、死ねない気分でしたが、お役人さまにお渡しできてほっとしました……」

そして、まもなく老婆は息がたえた。武士は、手に残った金を当惑げに見つめるばかり。こうなると金銭もむなしい。

せめて死体を片づけてやろうと思ったが、穴を掘るとそれだけ腹がへる。井戸へほうりこんでやろうかとのぞくと、なんと、そこにも死体がいっぱい。身を投げたのだろう。物置きをあけると、首つりの死体。

近所の家々にも、ほとんど生存者はなかった。どの家を調べても、食べられるものはなにもない。あらゆるものに、かじったあとがついていた。鍋のふた、ショウジ紙、炭、ロウソク。ふすまにも食べたあとがついていた。紙をはる時にノリを使ったことを思い出し、少しはたしになるだろうと口に入れたにちがいない。これら無人の家は、燃料とする以外なんの価値もなくなっている。

生き残ってどうしようもなくなった連中は、城下へとやってくる。ほかに行くところがないのだ。乞食《こじき》となって幽霊のごとく、寒さのなかをうろつきまわる。

体力がいくらか残っていて気のきいたやつは、無人の家をこわし、タキギとして運んできて、なにがしかの金にし、海産物を買って食いつなぐ。むやみと高い海草類をだ。

このタキギ売りには、思いがけない利益があった。家を解体している時、床下などから米を発見するのだ。万一の場合にそなえてかくしておいたのだが、その場所を知る者が、山へ行ってまっさきに死んでしまったのだろう。その存在を知らないで飢え死にした者の白骨が、あたりにちらばっている。

しかし、そんな幸運にめぐりあえるのは、ごくわずかな例外。大部分は、なんのいいこともなく、食べ物をねだり歩くだけ。

ねだられたからといって、商家にも武家にも食料の余分などあるわけがない。あったとしても、やるわけにいかない。いちいちことわるだけで疲れてしまう。家の前で横になられてもあつかいに困る。

だれが思いついたのか、家の前に水をまく者があらわれた。寒さのきびしい季節。水は凍りつき、歩けばすべってころぶ。その上でねそべるやつもない。やっかい者を寄せつけないための、ひどい作戦だった。

一軒がそれで効果をあげると、つぎつぎとまねをする。浮浪者はもともと足がふらついている。すべって頭をうち、そのままになるやつ。起きあがる気力もなく凍死するやつ。死体が家の前にあると目ざわりだと、むこうへすべらせる。あちこち動かされ、ついには川へほうりこまれる。

そんなことをしても、城下をうろつく人数はふえる一方。みっともないし、ほっておいたら、旅人の口から惨状が幕府に伝わり、えらいことになる。おとりつぶしだけは困る。城代家老の心配はその一点にかかっていた。主君おもい、家臣おもいの家老なのだ。領民対策はその手段でしかない。

「あの浮浪者たち、このままではいかんな。なんとかしなければならない。救人小屋を作って収容しよう。城からはなれた寺のなかにでも作れ。そこでカユを与えると知らせてやれ」

「みな喜ぶことでしょう」

かくして、宿泊所と食事が保証されることとなった。もっとも、粗末きわまる小屋のなかに、むやみとつめこんだだけのこと。食事といっても、一日にうすいカユが二杯。皮肉なことに、燃料だけは充分にあったが、それは少しも腹のたしにならない。しかし、これで城下から浮浪者の姿がずいぶんへった。

救人小屋のうわさを聞きつたえて、老若男女、その人数は徐々にふえた。こうなると、与える食料の計算が狂ってくる。救人小屋への一日の割当て合計はきまっているのだ。だれかが知恵を出し、貝殻のこまかい粉とか、壁土などをカユにまぜた。腹にたまる感じだけはするのだ。ありがたがる者さえあった。

もちろん、栄養などあるわけがない。死者がふえる。それで人数がへると、カユへのまぜものもへり、少し栄養がよくなる。そのため、自然に人員の調節がなされ、小屋の人数は一定にたもたれていた。

死体の片づけは、小屋のなかの体力のある者にやらせた。寺のそばなので、穴に埋めれば墓地となる。働いた者には、ヵユをもう一杯やった。この報酬は貴重で、その体力の残っているかどうかが、生き残れるかどうかの境目だった。死者が出なくなると、それにありつけなくなる。働く者は内心でひそかに、この仕事がつづくことを祈っていた。

この世の地獄といいたいところだが、そんななまなましさは残っていない。悲鳴もなく、すべて静かに進行している。死者たちの世界と形容するほうがいいようだった。

村々には野犬が横行していた。行き倒れになった人びとの肉を食べあさっている。それですめばいいのだが、人肉の味をしめた犬はぶっそうだった。生きた人間にむかってくる。身をまもるため、残った力をふりしぼって、野犬を殺さなければならなかった。

その野犬の肉を、火にあぶって食うやつもあらわれた。人間のほうも、猟師が売りに来たイノシシの肉と称するものを食っており、肉の味をおぼえている。うまいまずいなど言っている場合ではなかった。

カラスがいやにふえていた。これも死者を食っているのかもしれなかった。猟師がそれをうちおとし、売りあるく。あれこれ考えると不快な気分になりかねないが、口に入れるものを目の前にすると、うまいぐあいに思考が停止する。

人びとのあいだに、この時代、人肉を食うという発想はなかった。仏教を信じている。そんなことをして地獄に落ちるより、死んで極楽に行ったほうがまだいい。しかし、うわさが流れてきた。

「遠くの村で、人肉を食ったやつが出たそうだ」

「まさか。信じられぬ。だれが言ってた」

「となりの村のやつが話していた。なんでも、自分の死んだ父親を、火であぶって食べてしまったそうだ。そして、他人を食ったのなら罪になるかもしれないが、自分の親だ、なにが悪いと平然としているそうだ」

「なんと恐ろしいこと。それにくらべれば、犬やカラスを食っているわれわれは、はるかにいいというものだ」

顔をしかめながら、おたがいに自己弁護をやりあう。この自己弁護のために作りあげられたうわさかもしれなかった。

人肉を食う習慣がなかったといっても、人間の脳みそが梅毒の薬になるという迷信はあり、まれに墓を掘りかえしてそれを盗む者がないでもなかった。それを遠くから見た者が、大げさに話をひろげたとも考えられる。

また、藩の当局が、隣国への逃亡を防ぐため、むこうへ行くともっとひどく、食われてしまうとのうわさを作って流したのかもしれない。情報不足になると、人は不安におびえ、あれこれ恐ろしい想像をする。

「うちの亭主が、となりの村のやつに食われた」

と泣きさけぶ女もあらわれた。出かけた亭主が帰らないので、女は食われたと思いこんだ。極度の空腹は、妄想を作りあげる。そして、それは伝染する。

それを本気にした近所の連中は、かたきをとるのだと、となり村へ押しかけ、殺しあいとなった。何人かが倒れたところへ、女の亭主がよろめきながら山から戻ってきた。

「この女、よくもだましやがったな」

争っていた連中はそれをやめ、いっしょになって女をたたき殺した。事情を知らぬ亭主は、悪夢を見る思いでふるえあがり、ふたたび山へ入り、二度と戻らなかった。夜になると、野犬がうろついた。

ちょっとしたきっかけで、予期せぬ殺しあいに発展しかねない。藩の当局も、なにか手を打たねばならなかった。資金をはたいて米を買いつけたが、極度の値上りでわずかな量だ。焼け石に水だった。

城代家老は腕のたつ武士たちを集め、ひそかに命じた。

「なにごとも藩のためだ。覚悟をしてくれ」

「この危機を救えるのでしたら、切腹もいたしましょう。しかし、なぜ……」

「切腹は、最悪の場合にたちいたった時だ。じつは、海賊をやってもらいたい。沖を通る船、それを夜にまぎれて襲い、積荷をうばい、証拠の残らぬよう、難破にみせかけ、人と船とを沈めてしまってくれ」

「よろしいのですか、そんなことをして」

「いいも悪いもなくなってきた。いいか、わが藩内ではばたばた死んでいるのに、となりの藩は平然として知らん顔だ。自分以外の藩の者は虫けら同様と考えている。それならばだ、われわれだって、生きのびるためには他藩の者を虫けらと扱っていいはずだ。たのむ、やってくれ」

「やってみましょう。戦国時代には日常的な行為だったはずです。幕府ができ平和になってから、どこかおかしくなった」

それは実行された。失敗したら切腹なので、必死の勢いで切りこみ、成功した。うばった積荷は、さいわいなことに米や海産物。ひそかに城の蔵へしまいこまれた。すぐに使うと発覚する。しばらくたってから、少しずつ配給された。

積荷のなかには禁制品がまざっており、抜け荷の罪をおそれ船主もさわがなかったらしく、そのまますんだ。襲った武士の口からもれることはない。領民たちは、かすかに一息つけた。

冬の終りごろ、江戸屋敷から使者がかけつけてきた。城代家老に報告する。

「大変なことになりました」

「こっちはずっと大変の連続だ。なにがおころうと、もう驚く気力もない」

「いえ、そういってはいられません。巡見使《じゅんけんし》の人選が終り、その発表がありました。春になると、各地区にむけて出発とのことです」

「う、なんだと。よりによってこんな時に……」

城代はうめき声をあげた。巡見使は諸国巡見使《しょこくじゅんけんし》ともいわれ、徳川時代の初期には三年ごと、五代綱吉《つなよし》からは一代一回となったが、幕府から派遣されて各藩を視察する役職。千石ぐらいの格のある旗本を正使とし、格は低いが有能な旗本を副使とし、かなりのお供がつく。全国をいくつかにわけ、この編成がそれぞれの地方をまわるのだ。各藩のようすを調べ、時には訴えを受理して究明もする。

「こういう時に巡見使とは……」

城代家老は泣き声になった。この視察は形式的なものになりつつあるが、権限は持っているのだ。江戸に戻って月番老中に悪い報告をされたら、ただではすまない。

「というわけで、申しあげにくいことですが、その費用を……」

江戸屋敷からの使者が言った。なにとぞよろしくと賄賂《わいろ》を渡さねばならない。藩にやってきた時に渡すのでなく、巡見使の出発前に、藩の江戸屋敷から、任命された旗本の屋敷にとどけておかねばならないのだ。旅先で渡したら荷物になるし、第一、目立つことになって相手も取りにくい。

「わかっているが、実情はそれどころでないのだ」

「しかし、よその藩はみなやっている。渡すべきものを渡しておかないと、おとりつぶしになり、家臣一同が路頭に迷ってしまいます」

「それもわかっておる。わしが腹を切ってすむのなら、何回でも切ってやる。しかし、切腹では金策がつかぬのだ。うむ、こうなったら最後の手段で金を作ろう」

「なにか、まだ財源がございましたか」

「藩内の山の木を片っぱしから切って、材木屋に売りとばす」

「しかし、それでは……」

「それとも、みなが腹を切るか、幕府を相手に一戦をまじえるかだ」

「そんな無茶な。ほかに案はありませんな。よろしくお手配ねがいます」

その指示がなされ、山の木が容赦なく切られていった。農民たちは反対したが、口先だけのものに終った。からだを動かそうにも、体力が残っていないのだ。木を切るのに家臣たちが動員された。おとりつぶしかどうかのせとぎわとなると、だれもが気力をふりしぼった。もっとも、巡見使の通る道の一帯の木は残された。それまで切ってしまっては、かっこうがつかない。

なんとか金が作られ、江戸屋敷へと送られた。途中で奪われたら万事休す。ものものしい警備がつけられた。

そのあと、藩にもちょっとした金が残った。巡見使一行の接待にも金がかかるし、ぼろを出さないよう演出をしなければならない。城代は家臣たちに、その指示をした。道ぞいの家々は見苦しくないよう改装され、城の内外にも手が加えられた。植木の手入れもはじめられた。

しかし、領内はどこもかしこも依然として飢えが支配していた。春になり、木や草が芽を出しはじめると、人びとは争ってそれを食った。したがって、なかなか緑の光景にはならなかった。

もっとも、道ぞいの野や畑は、草を取るのが禁止された。それを許したら、巡見使に変に思われる。家臣たちが見張り、手が出せないようになっている。当然ながら、不満の声があがった。

「お願いです。草を食べさせて下さい。これでは死んでしまいます」

「わかっている。見殺しにはしない。草をとってはいかんが、そのかわり、おまえたちにはあすから米をくばってやる」

「本当でございますか。信じられない」

「うそではない。たらふく食って、みちたりた顔になってもらうのだ。最初は少しだが、それから毎日、いくらかずつふやして与える。一度に食いすぎると死ぬおそれがあるからという、城代さまのお心づかいだ」

「ああ、なんとありがたいこと」

道すじの者たちは、涙を流しながら感謝した。しかし、丘のむこう側となると、そうはいかない。

「わたしらにもお米がいただけるので……」

「そうはいかん。見えないところにいる者は、がまんしてもらう。そのかわり、草や木の芽はいくら食ってもいいぞ」

「あまりにひどい」

「気の毒だが、巡見使がやってくるのだ。うらむのならそっちをうらんで、しばらくしんぼうしてくれ」

迎える準備が進行していた。だれかが気づく。なんだか感じがおかしいと思ったら、赤ん坊がいない。栄養不足で育たなかったり、なかには捨てたりした者もいる。藩内をさがし、赤ん坊が集められ、沿道の家々にあずけられた。

城代家老は主だった者を集めて、城内で秘密の会議を開いた。

「まあ大丈夫と思うが、万一の不祥事にそなえて、予行演習をやっておくことにする。よくある手だが、念には念を入れてということもあるしな……」

家臣がいかにも巡見使らしく仕上げられ、それが道を進んでくる。物かげからやせた農民が飛び出してきて、かすれた声で言った。

「お願いでございます。お助け下さい。訴えをお聞き下さい……」

「無礼もの、巡見使にむかって、なれなれしく話しかけることは許さぬ」

あっというまに、その農民の首ははねられた。見ている者はふるえあがる。これなら、本物が来た時も勝手な訴えをしようとする者は出ないだろう。城代のねらいもそこにあった。

沿道の農家や茶店や商店には、家臣たちが使用人に化けて住み込んだ。よけいなことをしゃべらぬよう監督し、にこにこ顔をするよう強制するためだ。

城下の商店には、商品が豊富に飾られた。食料以外はだれも買わないので、それはかなりの在庫があった。城内においては、いくらかでもふとっている者から順に人選がなされ、接待係に任命された。

そして、あたたかい春の日、巡見使の一行がやってきた。うまいぐあいに桜が咲いてくれた。桜はまず花から咲くので、芽や葉を食われることがなかった。遠くはかすんで、木のない山も目立たなかった。

藩の案内役が途中で一行を一泊させ、もてなしをした。料理、酒をふんだんに出し、お供ひとりひとりに女をあてがった。歌あり、おどりあり、にぎやかにさわぐ。むこうの丘をもう一つ越えれば、餓死寸前の者が大ぜいいるというのに……。

翌日、一行は城にはいった。城代はじめ要職にある者があいさつをする。

「ようこそおいで下さいました」

「江戸屋敷の方には、いろいろとお心づかいいただき、いたみいる……」

巡見使が言う。賄賂の礼なのだ。巡見使の旅費は幕府から出ず、自費が原則。賄賂の発生もいたしかたない。運動してまでそれになりたがる旗本が多いのは、ここにうまみがあるからだ。城代は言う。

「当然のことをいたしたまでで。この地方にはあいにくと特産品がございませんが、のちほど城内にある美術品をごらんいただきましょうか。お気に召したものがあれば、おみやげがわりに、のちほど江戸屋敷を通じておとどけさせます」

「おおらかなものであるな。凶作とのうわさもあったが、みごとに解決いたしたようだな。ここまでの道中、あたりを見るに、いかにもゆたかだ。気のゆるみのようなものも感じられる」

「これは恐れ入った鋭いご観察、じつは、そのことについて、ご相談申しあげたいこともございます……」

城代は上使と副使とを別室に案内する。そのあいだ、お供の者たちは書類などを調べるが、それは形式的、旅費の一部にと金を渡せば、あとは適当にやってくれる。城内で豪遊のあと、一行はきげんよくつぎの藩へとむかっていった。

城代は家臣たちに言う。

「ほっとするのは、まだ早いぞ。巡見使のあとからは、隠密のやってくるのが通例だ。巡見使がいいかげんな報告をするかどうか調べるためだ。警戒をつづけ、ゆたかな感じをまだしばらくつづけさせねばならぬ。それから、江戸の商店の番頭も呼んである。金を借りたいから、見にきてくれとたのんだのだ。返済確実と思わせねばならぬ」

道すじ一帯に注意が払われた。横道へ入ってくる者があったら、相手が隠密でも切らねばならない。やせおとろえていなければ藩外からの旅人と、すぐわかる。

巡見使のあとからくる隠密は、二人で組になっているものときまっている。それらしいのがやってきたが、なんということもなく通りすぎていった。巡見使の監督が目的なので、それ以外のことについては手を抜いているのだろう。また、この藩においては、幕府に対する不穏な動きなどあるわけがなかった。

江戸の商店からの番頭もやってきた。道々、茶店などでようすを聞くが、物かげに家臣がかくれているので、だれも調子のいい答えをする。

秋の収穫とひきかえに、お金をご用立てしましょうとなった。いずれ江戸屋敷のほうにおとどけするという。借りてしまえば、こっちのものだ。番頭の帰ったあと、沿道への米の特配は、たちまち停止された。

やがて、梅雨の季節となった。しかし、例年とちがって、山の木が大量に切られている。雨水がいっぺんに流れる。山くずれがおこり、川があふれ、田畑が流された。もう、どうもこうもない。

「手のほどこしようがございません。どういたしましょう」

そう聞かれ、城代家老がいう。

「まあ、もう少し待て。わしの計画がうまくゆくはずだし、そうなれば、なにもかも片づいてくれる」

「そんなことが起るのでしょうか」

しかし、しばらくたって、江戸屋敷から使者がかけつけてきた。幕府からお国替えを命じられたという。城代はうなずく。

「そうか。それを聞いて肩の荷をおろした思いだ。もう、われわれ家臣は、ここにいなくてすむ。べつな土地に移れるのだ」

「そういうお考えでしたか」

「殿にだけは手紙でこの計画をお知らせしておいた。巡見使が来た時、わしは家臣の気をひきしめ、いざという場合にそなえるため、もっと禄高《ろくだか》の少ない土地に移りたいと申し出たのだ。巡見使は、それは奇特なことでと安心していた……」

どの大名も、機会さえあれば禄高の多いところへ移りたがっている。そのなかにあって、こういうのは珍しい。巡見使は内心で喜んだ。どの藩もまったく問題なしでは、仕事をしたのかどうか、帰ってからの報告がうたがわれる。なにかひとつは、問題のあったほうがいい。なにもなかったら、むりにでも作りあげて報告することもある。すると、その藩が月番老中に対し、もみけし工作をすることになる。

「老中に対して、なにか運動をする必要がありましょうか」

「少しはしたほうがいいかもしれぬな。ありがたくお受けする。移るときまったら、早いほうがいいと。江戸屋敷には、商人から借りた金がとどいているはずだ」

夏になった。家臣たちは引越しの準備をし、新しい領地へと移っていった。

到着し、そこの城へ入り、城代家老は汗をふきながら言う。

「かなり暑いな。これでいい。もう、あのすずしい土地には二度と帰りたくない」

「土地の者の話だと、この地はもっと暑くなるとのことです」

「では、凶作に見舞われるおそれはない。ありがたいことだ。これまでここにいた家臣たちは、いままでのわれわれの土地へ移っていったわけだな、気の毒に」

「いえ、老中に猛運動して、ぜひ、すずしい土地へとたのみこみ、成功したとのことです」

「ははあ、老中はそっちから賄賂《わいろ》を取ったのか。しかし、なぜ運動したのだろう。公称の禄高の多いのに魅力を感じたのかな」

「そうでもなさそうです。ここの領民たちは、自分たちもついて行きたかったと、残念がっております」

「わけがわからんな」

「問いつめましたところ、天然痘とか。どういうものなのでしょう」

「う、そうだったのか」

城代家老は青くなった。しかし、もはや手おくれ。家臣たちのなかには、発病する者があらわれた。はじめてなので、いっそうかかりやすい。種痘が輸入されるのは幕末ちかくのことで、まだ予防法はまったくなかった。

夏の暑さがますたびに、発病者は続出し、すずしい秋がきてそれが一段落するまでに、かなりの数の家臣が死んでいった。みごとな豊作ではあったが。

はんぱもの維新

「ああいうはんぱものが地位についてるから、いけねえんだ。いらいらさせられる」

小栗上野介忠順《おぐりこうずけのすけただまさ》は、江戸の屋敷の座敷のなかを歩きまわりながら、吐き捨てるような口調でつぶやいた。三十五歳。あばたづらではあったが、鋭い理性的な目をしている。

「うう……」

座敷のすみにひかえている五助は、あいづちを打ち、うなずく。

時は幕末、文久《ぶんきゅう》元年の七月はじめ、小栗は外国奉行の職にあった。当時、諸外国は鎖国状態の日本になんとかとりつこうと、さまざまな手を使っていた。ロシアは軍艦を対馬《つしま》に寄港させ、兵員を上陸させた。日本との交渉のきっかけを作ろうというねらいだった。

だが、対馬藩の連中は、かかわりあいになるのをいやがり、面会をことわりつづけている。そこで小栗は対馬に出かけ、ロシア側に「藩庁との面会を許可する」との書面を渡し、引きあげてきた。

「あの藩庁のやつら、無為無策、江戸へ指示をあおぐなんて、なさけないこと、おびただしい。相手はこう言っています、当方はこう判断し、こうしたいと思います。そんな書類ぐらい作れていいはずだ。頭というものは、なんのためにくっついているんだ」

「うう……」

また五助が言った。三十歳ぐらい。おせじにも美男子とはいえなかった。五助は上州群馬郡権田村、すなわち小栗の領地の農家の子。気の毒なことに、うまれつき口がきけなかった。かすれた「うう」という声しか出ない。

そのせいというべきか、そのかわりというべきか、めっぽうけんかが強かった。若いころ、国定忠次の子分と称するのが数人、村へやってきてあばれた時、彼はひとりで、その全部をやっつけた。もっとも本人は、その真偽や自慢話について、ひとことも言わない。なにしろ口がきけないのだ。

しかし、ううの五助の名は、江戸の小栗の耳にもとどいた。呼び寄せてみると、純朴なところがある。小栗は五助を屋敷内に住まわせ、町の道場にかよわせた。天分のあるところへもってきて、まともに剣術を教えられたのだから、その上達はすばらしかった。いいかげんな気分で習っている、ほかの連中とはちがうのだ。

小栗は五助を、身辺護衛の役につかせた。かたときもそばをはなさない。今回の対馬行きにも連れていった。

「行きに一回、帰りに二回、攘夷《じょうい》主義の気ちがいどもに襲われたなあ。しかし、おまえのおかげで、いずれも難をまぬかれた。あっというまに相手をやっつけた。五助の腕はみごとなものだ。完全な調和がある」

「うう……」

のどの奥から、五助はうれしげな声を出した。口がきけず、文字も読めない。そんな自分を、小栗の殿さまはこれほどまでにみとめて下さっている。忠誠をつくすことに、心からの満足感をおぼえるのだった。

小栗家は二千五百石の旗本。旗本中、最高級のひとつに数えられる家柄だった。といって、柔弱とか、格式ばったとか、そんな性格は持ちあわせていなかった。

小栗家の祖先について、寛永期《かんえい》にひとつの逸話がある。増上寺で将軍家の法事があった時、小栗又市はその警備の責任者だった。そこへ老中の松平伊豆守《いずのかみ》が通りがかり、警備の列を下げるよう命じた。だが、小栗の性格を知る隊員たちは、それに従わなかった。あとでその報告を聞いた小栗又市は、みなの行動をほめたあと、切腹を覚悟して、松平家へあいさつに行った。しかし、勝手な指示をあやまられ、逆にほめられた。剛直が小栗の家風だった。

小栗忠順も、幼名を又市と言った。代々この名を使うのである。七歳の時、安積艮斎《あさかごんさい》について漢学を学び、また武術も習った。しかし、陽明学《ようめいがく》だ朱子学《しゅしがく》だといったことにあきたらず、やがて洋学にはげんだ。オランダ語や英語を学ぶ。彼の少年時代、つまり天保時代《てんぽう》だが、それらを教える塾が江戸にはいくつかあった。

そとの世界というものに興味があったし、熱心でもあり、先天的な才能というのか、小栗はたちまち語学を身につけた。

二十一歳でお城づとめをはじめた。普通ではできないことだが、名家なので、父が存命在職中にもかかわらず、役につけたのだ。長崎経由で入ってくる、海外の新しい書籍をつぎつぎに読むことができた。

「この書物を秘密あつかいにすべきかどうか、この部分の意味がよくわからない。教えてくれ」

語学にくわしいとのうわさがひろまり、担当ちがいだが、小栗のところへ持ちこまれる。語学の力や知識も一段と高まるというわけだった。時には長崎へ出かけ、連絡かたがた会話の能力をみがいた。

嘉永《かえい》六年、二十七歳で進物番《しんもつばん》に進んだ。将軍への献上、将軍よりの下賜《かし》をとりつぐ役。この年の六月、ペリーがアメリカの船四隻をひきいて、浦賀へとやってきた。

〈泰平の眠りをさます蒸気船たった四杯《しはい》で夜も寝られず〉

という狂歌が出たほどのさわぎ。蒸気船は、上等のお茶の名の上喜撰《じょうきせん》にひっかけたしゃれ。

人びとは外敵襲来とあわてたが、ペリーは日本に開港と貿易を求める文書を出し、再び来日すると言い残して帰っていった。

小栗はそれを読むことができ、それについての意見書を上層部に出した。〈もっともな申し出である。すみやかに開港すべきだ。なお、貿易とは、相手がやってくるのを待つだけではだめだ。当方からも進んで外国へ行かねばならぬ。それには、大船建造の禁令をとくべきである〉と。

外国の事情を知り、鎖国が異例なものと気づいている小栗にとって、当然の主張だった。幕府はやがて大船の禁令をとく。しかし、それは海防のためという考え方だった。

安政《あんせい》元年、ペリーはふたたび浦賀へ来て、さきの話の促進を迫った。幕府はやむなく、下田への寄港をみとめるという、日米和親条約に調印した。

安政二年、二十九歳の時、父が死に小栗は家をついだ。安政四年、三十一歳で御使番《おつかいばん》の地位につく。将軍の幕僚といったところ。才能と家柄のため、昇進が早い。

その前年、和親条約にもとづいてという名目で、アメリカ人、ハリスが駐日《ちゆうにち》総領事として下田に上陸した。彼は和親条約を通商条約に発展させるべく、強引に江戸へおもむき、将軍や老中に面会した。

小栗はその応接の準備に奔走した。目立ったことをひとつあげれば、江戸城内の各番所の武器を、フランス式の剣付銃にあらためたことである。ハリスにあなどられないよう、いくらかでも文明を示したかったのだ。

ハリスとの交渉は進み、安政五年の一月、あとは勅許《ちよつきよ》を待つばかりとなった。しかし、こういう時に限って、愚にもつかないことが発生する。将軍のあとつぎ問題に関して、幕府に内紛がおこった。わけもわからずに、過激な調子の攘夷論をぶつやつが出る。朝廷方面に運動し、利己的な妨害工作をやる連中も出る。

「どいつもこいつも、はんぱものばかりだ」

これが小栗の口ぐせとなった。視野のせまい、欠陥のある、不調和なまぬけ。そんな意味のあせりのつぶやきだった。頭がよく、若く、外国事情を知っているのだから、当然の感情だった。しかし、武力による外国撃退、すなわち攘夷が可能と思う者の多いのも、またやむをえないことだった。

そんな情勢のなかで、井伊直弼《なおすけ》が大老に就任した。井伊は譜代《ふだい》大名のなかで、第一の家柄。はじめは攘夷めいた考えの主だったが、大老となって海外事情にくわしい関係者の意見を聞くと、条約調印の必要性をすぐに理解した。調印を拒絶すれば、外国の攻撃を受けかねない。勝つみこみはまるでない。それはだれの責任になる。

使命感に燃える井伊は、独断で調印することにした。勅許という国内手続きは、あとまわしにしてもいい。

かくして、安政六年の秋、通商条約の批准のため、日本からの使節が渡米することとなった。正使は新見豊前守《しんみぶぜんのかみ》、副使は村垣淡路守《むらがきあわじのかみ》。井伊大老は小栗を呼んで言った。

「お目付として同行してもらいたい。国の将来のため、よろしくたのむ」

新見は外見が立派で、温厚さだけがとりえの人物。村垣はただの事務屋。二人とも外国語ができるわけでもない。しかし格式によって、表に立てなければならなかった。

お目付とは監視役の意味。だが、この場合小栗が実質上の代表である。彼はこの時、三十三歳。

「わかっております。この旅行中にできうる限りの見聞をし、国政運営の方針についての資料を持ち帰るつもりでおります」

翌万延《まんえん》元年の一月、一行は米艦に乗って出発した。航海中、小栗は英会話にはげむ。なお、これにしたがって咸臨《かんりん》丸も太平洋を渡った。日本人だけで航海をするこころみである。艦長は勝安芳《かつやすよし》、四十一石の旗本の出で、長崎で蘭学をおさめた。小栗より四歳の年長。語学のできる技術者といったところ。この乗員のなかには、福沢諭吉もいた。

いずれもサンフランシスコに入港する。勝たちは、そこに二か月たらず滞在し、帰国の途についた。小栗らの使節は、パナマ経由で大西洋へ出て、首都ワシントンにむかう。パナマ運河はまだできていず、そこは鉄道だった。汽車の早さには、みな驚く。

ワシントンでは格式ある大名行列をおこない、江戸城中における正式な服装で、おおいに米人たちの人目をひいた。調印をすませる。

米人たちの驚きは単純だったが、使節たち、とくに小栗の驚きは複雑だった。宿泊したのは石造りの五階建てのホテル、ガス灯がともっている。最高位の大統領は世襲でなく、各地に州というものがあり、知事がそこの行政をやっている。株式会社という制度や、銀行という機関がある。文官の服装に上下の差がなく、地位が上だからといって、いばることもない。

「これが文明なのだ。いままで外国の書物によって想像していた実体はこれなのだ。わが国も、早くこれに追いつかねばならぬ」

小栗は痛切に感じた。彼は滞米中、眠るのをおしんで研究した。学校や工場や博物館など、あらゆるものを見学し、政治、産業、経済、軍事、外交などにつき、質問してまわった。

食卓のフィンガーボウルの水を飲んだり、家臣が土下座したり、風俗のちがいによる失敗もあった。はじめての土地という緊張の連続でもあった。しかし、アメリカの人たちは親切であり、他人に物を教えることの好きな性格。小栗はできる限りの知識を吸収した。文明の実体を感じとり頭におさめた、最初の日本人である。

使節たちはフィラデルフィアをへてニューヨークへ寄り、そこを出航、アフリカの南端をまわって帰国した。はじめて世界一周をした日本人でもある。

帰国した彼らは、留守中に井伊大老が江戸城の桜田門のそばで暗殺されたことを知った。新見や村垣は、こう口にするだけ。

「困ったことでござるな」

保身が第一。尊王攘夷《じょうい》の声の大きさにびくついたためでもある。しかし、小栗は剛直の士。

「大老を殺して、どうなるというのだ。攘夷にかぶれた、はんぱ野郎たちめ。やつらの頭に、どんな計画があるというのだ……」

しかし、それから先は言わなかった。言ったところで、だれも理解してくれまい。文明を実感しているのは、自分だけなのだ。井伊大老の開国方針は正しかった。だが、ことを急ぎすぎた。

なにしろ、長いあいだの鎖国。それに儒学。手続きや原則論にこだわり、大勢に目をむけない。おたがいに足を引っぱりあい、体面を考え、すぐにかっとなる。そのような国民性ができあがり、それが井伊を殺した。

正しいとはいえ、井伊もせっかちという日本的な性格を持っていた。それが、みずからをほろぼしたともいえた。

小栗への貴重な教訓だった。彼は、改革への設計図ともいうべき資料を、大量に持ち帰った。だが、それを性急に持ち出さないことにした。どうやら、文明の実現には、この国においては長い年月を必要としそうだ。可能な範囲から、少しずつ実体を示してゆく以外にあるまい。

帰国した小栗は、外国奉行に任ぜられた。新見や村垣は、以前からその職にある。

「いっしょにやってくれ。自分たちだけでは、どうしていいのか、さっぱりわからぬ」

とたのまれた形だった。小栗は言う。

「おわかりのはずです。国内で血みどろの争いをやっている時代ではありません。三人で力をあわせ、アメリカでの見聞をもとに、政治の大改革をやりましょう」

「それは理屈だが、そんな大それたことに巻きこまないでくれ。われらの手におえぬ」

このなさけない、はんぱものめ。内心そう思いながらも、小栗は提案した。

「でしょうな。要するに、みな世界を知らなすぎる。現物を知らないから、抽象的な利己的な議論に突っ走る。成果への時間はかかりましょうが、一人でも多く、外国を見させることです」

「よいことのように思う。小栗殿、すまぬが、その計画を立ててくれ」

「承知いたした」

開港を延期させ、攘夷運動をおさめるという名目で、ヨーロッパ各国訪問の使節団が編成された。その一行には、福沢諭吉、福地源一郎、箕作秋坪《みつくりしゅうへい》らの蘭学者たちが随員として加えられた。

いまの小栗には、ペリーの船に乗って密航し、外国へ行こうとしてつかまった吉田松陰の気持ちがよくわかった。松陰は攘夷派と見られ、井伊大老によって処刑された。そのつぐないの意味で、松陰門下のひとりを一行に加えた。彼らは文久元年《ぶんきゅう》に出発していった。

文久二年には、第二次留学生として、榎本武揚《えのもとたけあき》、赤松則良《のりなが》、西周《にしあまね》ら数名がオランダへと出発してゆく。これは第三次、第四次と継続する。すべて小栗の立案である。当時の幕府に、そんな企画を考え、しかも実行できる地位にある人物は、ほかになかった。

「五助。おれは外国奉行をやめさせられた。対馬での交渉がいいかげんだったというのだ。対馬藩のやつらを、ロシア人と交渉できるようにしてやったのにな。あれこれ苦労もするだろうが、外国を知るいい勉強にもなるはずだ。そのつみ重ねが進歩だ。ほかに、もっといい案があるのなら教えてくれ。こう言ったら、お役ご免にされてしまった。ほかの外国奉行も老中たちも、みな、うすのろのはんぱ野郎だ」

「うう……」

五助は忠実にうなずく。幕府のなかで、小栗はあせりを感じつづけだった。しかし、それをじっと押えていなければならぬ。その気分のはけ口が、五助にむかってしゃべることだった。

五助は無筆無学、内容はさっぱりわからないが、うなずいていれば、殿のきげんがしだいによくなる。自分がお役に立っているのだと実感し、うれしくなるのだった。

文久二年の三月、小栗は三十六歳。小姓組頭となった。将軍の側近の役である。なお、その少し前だが、皇女の和宮《かずのみや》と将軍家茂《いえもち》との婚儀の式があげられた。

「公武合体のためとかで、おえら方と公卿《くげ》たちの苦心の成果だそうだ。はんぱものたちは、こんなことに頭と力と時間とをついやす。くだらんねえ。いまヨーロッパを訪問中のやつらのほうが、はるかに有効な時をすごしている」

「うう……」

六月になると、小栗は勘定奉行勝手方《かんじょうぶぎょうかってかた》に任ぜられた。奉行は数名おり、公事方《くじかた》と勝手方にわかれている。公事方とは訴訟関係、勝手方とは金銭関係。すなわち、財政部門の担当責任者のひとりとなった。

まず手をつけた仕事は、対外為替相場を有利に改定したこと。オランダとは長崎において以前より貿易がなされており、軍艦を輸入する話が進んでいる。また、勅許はないというものの、アメリカにつづいて、ロシア、イギリス、フランスとも通商条約が結ばれ、横浜や箱館《はこだて》で貿易が開始されている。小栗はアメリカで、日本がいかに為替関係で損をしているかを知った。一日おくれれば、それだけの損。小栗は改定を断行した。

また、奏者番《そうじゃばん》という役職の廃止を進言し、それをおこなった。江戸城での儀式の役。平穏な世では重要かもしれぬが、この変動期には意味がない。

しかし、前例や慣習にとらわれた周囲から不平が出る。異分子あつかいを受けた。二か月ほどでお役ご免になり、江戸町奉行へ移された。アメリカで調べてきた、警察や司法の制度を導入しようとする。またもほかの奉行から、変な目で見られ、下役たちはとまどった。

生麦《なまむぎ》事件がおこったのは、その時である。薩摩《さつま》藩主の島津久光《しまづひさみつ》の一行が、江戸から帰藩の途中、横浜ちかくの生麦で、馬に乗った四人のイギリス人にであった。彼らは下馬せず、馬が行列にふれた。藩士たちは刀を抜き、一人を殺し、二人に重傷をおわせた。

横浜居留地の英国領事をはじめ外人たちは、その野蛮さに立腹し、入港中の海兵を動員し、武力に訴えてでも島津久光を処刑するのだとさわいだ。日本を代表する政府である幕府は、平あやまり。さいわい、英国の代理公使ニールが、外人たちを静めてくれた。

小栗は老中に呼び出された。

「このたびの事件は聞いたであろう」

「江戸町奉行の支配外のことでございます」

「そんなことではない。ニールは、いずれこの件についての解決を求めると言っている。本国へ報告し、指示を待っているらしい。どんなことになると思うか。意見をのべてみてくれ」

「武力に訴えての報復か、大金を要求するかでございましょう。だまって許してくれるとは思えません」

「そうであろうな。その当事者になってくれ。ほかに適任者がない」

「と申しますと……」

「勘定奉行を命じる。また、歩兵奉行なるものを新設することにした。それも兼任してくれ。ことは急を要するのだ」

「やりましょう。しかし、あれこれ口出しされると困ります」

「その点はわかっておる」

奉行というと普通は複数の人員だが、初代の歩兵奉行は、小栗ひとりだった。自由に腕がふるえるし、勘定奉行を兼任しているので、費用も思うままだった。

町奉行の時に、江戸市中のようすを、いちおう調べてある。市中の浪人や農民から兵隊を募集した。武士になるいい機会だと、かなりの人数が集った。浪人のへることは、町の平穏のためにもいいことだ。

横浜へ出かけ、フランスの士官をやとって教官とし、洋式訓練をおこなった。武士以外の者のまざった、日本最初の近代的兵団ができあがった。小隊、中隊、大隊、連隊という編成である。人員は約二万名。この仕事をやっているうちに、小栗はフランス語をいくらかおぼえた。

一方、財政のほうも、さらに無意味な役職を廃止することで、金を作った。またも文句が出たが、それは押し切った。

翌年二月、イギリスは幕府に対し、十万ポンドの償金を要求してきた。横浜には大艦隊が集結した。幕府は要求をのまざるをえない。

「五助。ひでえもんだぜ。島津はじめ、薩摩のはんぱものたちのしでかしたことを、おれがあとしまつだ。そのかわり、不要な役をだいぶ整理した。幕府の形も少しずつだが、すっきりしてくる。ほかに金策のあてもあるが、今回のところはこれが収穫だ。文明にたどりつくには、金や時間がけっこうかかるものだ」

「うう……」

まじめな五助は、わからないながら、妙な声を出して賛意をあらわすのだった。

文久三年、小栗は三十七歳。陸軍奉行という地位へ移された。歩兵奉行と同じ時期に作られた役職だが、こちらのほうは一般武士を対象としたもの。

旗本以下の家臣たちを、すべて銃を武器とする兵団に編成しなおしたのだ。頭をそって江戸城内でかくれた力を示していた茶坊主たちをも、髪をのばさせ、この隊員に加えた。洋服に近い軍服を着せた。歩兵、騎兵、大砲の三組にわかれている。

当然のことながら、茶坊主たちから不満の声が出たが、小栗は黙殺した。そんなくだらぬことの相手になっている場合ではない。

こうして新しい洋式の軍隊を作りあげ、その実績にのっとって、上層部に要求した。

「外敵に対しても、国内の騒乱に対しても、かくのごとく体制がととのいました。しかし、ごらんの通り、人員にくらべて、銃が不足しています。輸入して外国に金を払うのは、むだです。その製造所を作りましょう」

「しかし、そう簡単には……」

「その手配はいたします。材料と技術さえそろえば、ものごとは可能です」

その提案も具体化していった。徐々にではあるが、文明らしさがそなわってゆく。

しかし、長いあいだの習慣が身についている武士たちは、小栗の新しい方針になじめなかった。門閥《もんばつ》をたよったりして、反対運動をやる。九月、小栗は陸軍奉行をやめさせられた。

帰宅した小栗は、用人、すなわち執事に当る新兵衛に言った。

「またも、やめさせられたよ。しかし、いったん近代化した組織は、もう逆行することもあるまい。ようすをみよう。しばらくひまになりそうだから、この屋敷を改築するつもりだ。レンガ造りの洋風なものにな」

「いいのですか、そんなことをなさって。建物は家の格式に応じたしきたりがあって……」

「そんな時代ではないよ」

「しかし、どう改築したものか、わたしにはわかりません。それに、攘夷《じょうい》の連中の焼きうちにあうのでは……」

「アメリカから持ち帰った図面と絵がある。それを大工に見せ、横浜の外国人の居留地を見学させれば、なんとかなるはずだ。居留地のより、もっと洋風なのを作らせろ。文明は、実物を示す以外に、さとらせようがないのだ。それが最良の方法。焼きうちなど、心配するな。レンガは燃えないものなのだ」

かくして、わが国における初の洋館が、駿河台《するがだい》に出現した。そのなかに、羽織はかま、刀をさした小栗が住んでいる。五助という用心棒もそばにいる。門番として、洋式の銃を持った洋服の兵が立っている。奇妙な光景だったが、過渡期とはそういうものなのだ。

その洋館のなかで、小栗はこれまた奇妙な報告書を読むのだった。薩英戦争についてのこと。生麦事件で幕府から償金を取ったイギリスは、謝罪と犯人の処罰を求めて、艦隊を薩摩に進めた。

だが、攘夷にこりかたまっている薩摩藩は、イギリスの要求をはねつけ、艦隊への砲撃をおこなった。交戦となる。薩摩はよく戦ったが、鹿児島の町や兵器工場などを焼かれ、抗戦続行の不可能をさとった。

使者を横浜へさしむけ、和平交渉に入り、償金二万五千ポンドを支払うことにした。交渉は和平以上に進展し、薩摩藩がイギリスから軍艦を買入れる商談になり、親密さをます形となった。開国主義に一変した。

「五助。薩摩のはんぱものたちも、目がさめたようだぜ。文明をとり入れるには、犠牲が必要なもののようだ。おれは、そういう損失なしにやろうとしているのだが、めざめるためには冷水がいるのだな」

「うう……」

京都ではあい変らず、公武合体だの、尊王攘夷だのの議論と陰謀が進行している。小栗はうんざりした表情で言う。

「どういうことなんだ。この国をどうするのかの議論でもやればいいのに。形式だの手続きだのに熱中している」

「うう……」

その夜、攘夷の志士というのが、小栗の屋敷に抜刀してかけこんできた。小栗を倒せば、たしかに幕府は大いにぐらつく。それがねらいだったのだろうが、五助はすぐさまそいつを切り殺した。

「この男、どういう素姓なのだろう。人生をこんなふうに終らせてしまうなんて。ばかとは、気の毒な存在でもあるな。しかし、おれは助かった。五助、おまえのおかげだ。おれの生きていることが、この世にどれだけ役立っているか、はかりしれない。これも、すべておまえがいればこそだ」

「うう……」

五助はうれしげな声を出した。小栗はワシントンで見学した議会のことを思い出していた。裏でのかけひきはあるのだろうが、公開の場での論争がたてまえとなっていた。

翌元治《げんじ》元年、小栗は三十八歳。

この年の一月、横浜に外人兵舎が建てられた。生麦事件により、外人たちは生命財産への不安を感じたと称し、英仏の公使より、駐兵の要求があり、幕府もみとめざるをえなかった。この兵舎の建設費は五万両を越えた。

「むだ金を使いやがって。どうせなら、その金で銃を購入し、歩兵奉行の時に訓練した兵隊たちに持たせ、こっちの手で守ってやったほうがはるかにいいのに。もっとも、そこが信用の問題なんだろうが……」

六月。京都の新選組、池田屋に集合している志士たちを襲い、殺す。

「どいつもこいつも、はんぱもの野郎たちだな。くだらん」

七月。長州藩が京都の蛤御門《はまぐりごもん》を急襲し、守護の会津兵たちに敗北し、朝敵と宣告される。第一次長州征伐となるわけだが、長州藩はひたすら恭順の意を示し、うやむやとなる。

「負ければ朝敵。それだけのことさ」

八月。イギリスの指揮のもとに、外国の連合艦隊、下関を攻撃す。前年の春、長州藩は攘夷実行と称し、下関の米仏蘭の艦船に不意うちをかけた。米仏はただちに反撃。

高杉晋作《しんさく》は、あわてて奇兵隊を編成した。足軽、農民、町人などから募集した独立兵団である。小栗のやったことのまねだが、訓練がゆきとどいているわけではない。

この連合艦隊の攻撃の前に、長州はあっさり降伏した。

「薩摩につづいて、長州のはんぱものたち、やっと目がさめたようだぞ。それはいいが、またも高い謝礼を払わされることになる。国内の戦いなら、恭順恭順でただですむが、外国が相手だと、金がいる。おれのところへ、おはちがまわってくるぞ」

たちまち、小栗はまたも勘定奉行に任ぜられた。外国公使たちは、三百万ドルとふっかけてきた。幕府は年賦でと交渉し、ひとまず五十万ドルを支払うこととなる。

「かなわんな。一藩を目ざめさせるのに、こんなに金がかかるとは。この調子だと、全国が目ざめるのに、いくら金がかかる。いい相談相手がほしいものだ」

そこへ、フランス公使のレオン・ロッシュが着任した。彼は幕府に好意を持っている。フランス語をいくらか話せ、世界情勢を知っている小栗と意気投合した。

「好意は好意。それはありがたいが、いい気になってはならぬ。薩摩の、負けてからのイギリスへの甘え方、ああいうのは考えものだな。世界に国はたくさんあるのだ」

十二月。小栗は軍艦奉行へ転任させられた。さっそく、横須賀に軍港を作る計画を実行に移した。ロッシュにたのみ、専門家を呼び寄せてもらった。ツーロン軍港に匹敵する規模のものをめざす。港だけでは意味がないと、いくつもの造船所、ドック、製鉄所、鉄工場を付属させる。費用はかかるが、将来かならず必要となるものなのだ。このフランス人の専門家は、きわめて有能な人物で、能率とはなにかを、関係者は思い知らされた。

この大工事の進行は、無言のうちに、幕府の落ち着いた姿を天下に示した。浮足だった印象を、少しでも見せてはならないのだ。それが軌道に乗ると、小栗は軍艦奉行をやめさせられた。小栗も不満はなかった。他人にまかせうる段階になれば、なにも自分がやることはない。慶応元年、二月、三十九歳の時である。

その三か月後の五月には、小栗、またも勘定奉行をまかされる。激動期の財政となると、ほかに適任者がいないのだ。

八月。日本の商人を何人か集めて組合を作らせ、代表をパリに駐在させ、交易する案を小栗は老中に提出し、承認をえた。貿易株式会社のはじめである。

九月。英仏蘭の連合艦隊、兵庫沖に集結し、条約の勅許を迫った。一橋慶喜《ひとつばしよしのぶ》が各方面をとりなし、やっと勅許となる。

「おれがワシントンで調印してから、六年目だぜ。形式主義のはんぱ連中にも困ったものだ。すでに薩摩など、勝手に開港し、好きなようにもうけている。勅許になったはいいが、問題はこれからだ。各藩が自己の利益だけにとらわれ、無統制に貿易をはじめたら、混乱状態になる……」

小栗は中央集権制への構想の具体化をはかった。内閣制である。陸軍、海軍、外国、会計、国内の各部門に分け、それぞれに総裁をおく。それをまとめるのが、首席老中、首相の役だ。

しかし、それも幕府直轄地だけではだめだ。全国におよぼさなければならぬ。現在は各藩が独自な行政をやっている。藩という小さな集団を廃止し、中央政府の方針に従うような、新しい地方単位を作らなければならない。そのかわり、藩主たちには意見をのべる機会と、なんらかの地位の保障を与える。

外国で学んだことをもとに、ロッシュとも相談し、その原案を作りあげて上層部にくばった。古い考えの連中は、きもをつぶす。

「これはなんだ。国じゅうをめちゃめちゃにする気か」

「こうしないと、めちゃめちゃになってしまいます」

「しかし、むりだ」

「外国は、どこもそのようにしているのです。むりだとお考えになってもかまいませんが、参考のために、頭にだけは入れておいて下さい」

「検討しておこう」

小栗は自信たっぷりの口調。権勢にへつらうことなく、上からおどかされても平気だった。そこが煙たがられる点でもあるのだが、大金をあつかう地位にいながら、賄賂《わいろ》を取ることなく、身辺清潔。それに実績のある有能な人物。売名的なところもない。だから、彼の発言を無視してしまう気にもなれないのだった。


慶応二年、小栗は四十歳。

そのころ長崎の亀山を拠点に、坂本竜馬《りょうま》が社中なるものを作り、物資の輸送をさかんにやり利益をあげていた。坂本は高知の酒造家の出だが、郷士の身分を手に入れた。脱藩し、江戸で勝安芳の教えを受け、それからこの仕事をはじめた。社中とは会社の意味である。

「坂本は優秀な人物らしいが、勝のやつめ、つまらん知恵をつけやがった。ああいう仕事は、国内を安定させた上でやるべきものなのだ。もっとも、勝はサンフランシスコしか見ていないのだから、考えが小さいのもむりもないがな……」

どさくさまぎれでもうけようとするのが出ると、国民の経済が混乱し、民衆が困り、そのしりぬぐいが小栗のところへまわってくることになるのだ。

その坂本の仲介により、薩摩の西郷と、長州の桂小五郎《かつらこごろう》とが手をにぎった。イギリス公使パークスの片腕といわれる武器商人、グラバーも関係している。この前年、英米仏蘭の四国は、日本の内戦への不介入と、開港していない港での貿易を禁止する協定を結んでいた。しかし、死の商人はそれを無視する。日本の物産をかっさらい、旧式の武器を押しつければいいのだ。それらの情報は、小栗の耳にも入る。

「はんぱものたちめ。かるがるしいことをやりやがる。このあいだまで攘夷《じょうい》を叫んでいたくせに、一気に逆に突っ走りやがった。国を売ろうとする。国土だけが国ではない。物産あってこそ国だ。無知だから仕方がないとはいうものの……」

長州藩はいい気になって、村田蔵六《ぞうろく》すなわちのちの大村益次郎《ますじろう》らが船を仕立て、上海《シャンハイ》から大量の銃を輸入した。グラバーの助力でだ。これなら禁止協定にふれないと知恵をつけられた。村田は長州の藩医の子、蘭学を学び、幕府の蕃書調所《ばんしょしらべしょ》、つまり洋書係になっていたこともある。

「中途はんぱに学問をかじったやつが、行動しはじめる。これぐらい危険なことはない。外敵にそなえてのものならまだいいが、ずるがしこい外国商人にあやつられているのだから……」

第二次長州征伐の勅許が下った。小栗の強い主張によるものである。小栗はロッシュ公使と相談し、フランスから武器、軍事顧問団などの援助をとりつけた。内乱をおこそうとしている一派があるのだ。政府がその鎮圧をするのに、ためらうことはない。

小栗はみずから、かつて訓練した隊をひきい、作戦の指揮にあたりたかった。だが、勘定奉行をまかせうる人物が、ほかにいなかった。

やきもきしているうちに、大坂に出陣中の将軍家茂が急死した。彼には子がなく、一橋慶喜が徳川家をつぐ。しかし、将軍職のほうは、みなに推されて就任したいと、しばらく辞退の形となった。慶喜は攘夷主義者の水戸の徳川斉昭《なりあき》の子だが、洋学好きの人物、フランス製の軍服を着たりしていた。

徳川家をついだ慶喜は、実力を示そうと張り切り、陣頭に立って、長州への総攻撃をかけようと決意した。しかし、内密にしていた家茂の死がもれ、各藩の足並みが乱れ、薩摩藩は長州との盟約によって動かない。こうなると、もはや戦いどころではない。その停戦交渉をまかされたのが勝安芳。彼はみごとにまとめ、名をあげた。八月末のことである。

この八月には、小栗は海軍奉行を兼任させられている。

「同じことなら、もっと早く任命してくれればよかったのに。軍艦を使えば、容易に勝てたはずだ。どの海岸をも攻撃することができる。つづいて、洋式の訓練をほどこした隊を上陸させれば……」

年末に孝明《こうめい》天皇がなくなられ、幼少の天皇にかわった。また、慶喜は将軍の地位につく。小栗は大坂に出かけ、将軍にこれまでの経過を報告し、突っこんだ質問をした。

「将軍は、国政の責任者でございます。外国の例によりますと、これには二種ある。みずから裁断する人と、下僚にまかせて超然とした立場に立つ人とです。将軍はどちらをお選びになりますか。どっちつかずですと、幕府の威信はぐらつく一方でございます。淀君と秀頼による、豊臣家滅亡の二の舞になりかねません」

「いうまでもない。直接に指示をし、幕政を確立し、外国と対等の国交をひらきたい。しかし、どうすればいいのか」

慶喜は就任したてだけあって、意気さかんだった。小栗は以前に提出した、中央集権、藩の廃止などについての件にふれた。

「まえにさしあげた、意見書をごらん下さい。わたくしの非現実的な空想とお疑いでしたら、フランス公使のロッシュにお会い下さい。得るところがございましょう……」

小栗はそれをすすめ、予備知識をいろいろ話した。

翌慶応三年の二月、慶喜とロッシュの会見が、大坂城においておこなわれた。ロッシュは応援を約束し、慶喜は新知識にめざめ、力づけられた。

同じ二月に、土佐藩士の後藤象二郎《しょうじろう》と坂本竜馬とが、長崎で会見している。その結果、ひとつの国政改革案ができた。朝廷を中心とする中央政府を作る。諸侯会議というべきものを作る。才能によって人材を登用する。海軍を拡張する、などである。坂本はこれを文にまとめた。いわゆる「船中八策」である。彼はこれを持って京へのぼり、西郷や大久保と相談する。

とっくの昔に小栗が考え、しかも実現に努力中のものである。「船中八策」は中央政府のある連邦制といった体制だが、小栗の考え主張しているのは、藩を廃止して郡県制にしようという、一段と進んだものだ。藩を残しておいたら、藩の利己主義は消えることがない。全国を統一する中央政府は、絶対に必要だ。ことあるたびに、小栗はこのことを慶喜に進言した。

そんな慶喜に、反幕府側は恐怖をいだきはじめた。自分たちの藩が中央の統制下に入ったら、勝手なことができなくなる。いかなる手段に訴えてでも、阻止しなければならないと思いはじめる。薩摩と土佐とが盟約を結び、将軍を諸侯会議の議長に祭りあげ、大政を奉還させようという話し合いもなされた。武力討幕の話もささやかれている。

そんなことにおかまいなく、小栗は思うままの改革を進めていた。幕府の役職の不要なものを、つぎつぎに整理した。

また、幕府はじまって以来、いや、それ以前からの、禄《ろく》を米で支給してきた制度を廃止した。幕府関係者に限ってのことだが、家禄、役職による手当て、すべてを金銭支給に切り換えた。これまでは、いったん米をもらい、各人がそれを金にかえていたのだから、むだもいいところだった。この実行は大英断だった。小栗の才能と実績によって、はじめて可能となった。

なお、小栗の兼任している海軍奉行の役職手当は、五千石だったのが、これにともない千五百両と変った。

もちろん、むかしからの習慣や、収入への不安による反対もあった。それへの対策として恩給法を作り、その財源として所得税、奢侈《しゃし》税などを計画した。

郵便制度の近代化にも着手した。やがて文明国となれば、必要となることなのだ。一方、火薬庫の建設もした。強さの裏付けがなくては、だれも従ってくれない。

反幕府側は、ますますあせる。なにもかも幕府の手で進められては、割り込む余地がなくなるのではないかと、藩の利己主義が討幕論を高まらせる。

反幕府側から、大政奉還の建白書が朝廷に出された。慶喜はそれにもとづき、すぐさま奉還した。これまで進めてきた、小栗の実績をふまえてである。

幕府にかわって全国を統治できるものが、ほかにあるだろうか。未来へのはっきりした構想を持っているものが、ほかにあるか。若い留学生を継続的に海外へ送り、計画的に人材を育てている藩が、ほかにあるか。

小栗は資金集めにつとめた。幕府の隠密制度はまだ残っている。それを利用し、多くの藩に金の借用方を申し込んだ。以前なら、ただ取り上げることもできたが、いまはそうもいかない。国債といった形で、利子をつけて返済する契約をした。

どこの藩も、どちらについたものか、大部分が決心をつけかねている。幕府から出兵の命令が来たらと、心配している。お家安泰が第一なのだ。出兵の件をちらつかせながら、借用の話をする。金ですむことならと、むりにもつごうしてくる。幕府が勝った場合、協力者として立場が保てる。反幕府側が勝った時には、兵を出さなかったと言いわけができる。隠密の報告にもとづき、小栗は多くの藩から、出せる限度いっぱいの金額を借り出した。

出兵してもらったって、旧式の武士ではどうしようもない。むしろ金を出させ、洋式の武器や軍艦をそろえたほうがいい。小栗としても望むところだった。

金を出ししぶる藩に対しては、幕府への忠誠のしるしとして、将軍家より拝領の品々、あるいはそれに匹敵する美術工芸品を提出するよう命じた。参勤交代制の廃止にともなう措置である。大名が江戸と領国とを、定期的に往復し居住する制度をやめたのだ。これは大名たちにとって大変な出費だったので、財宝の供出をおぎなってあまりあるものだった。

　また、大名の妻子は人質の形で江戸居住を義務づけてあったが、その制度もゆるめた。風雲急をつげる時節、大名たちは小栗に心から感謝した。その許可をもらうために、かなりの金が小栗のもとにとどいた。

　しかし、小栗はそれを私しなかった。そんな性格ではない。改革のための資金として保有した。寺社奉行と連絡をとり、徳川ゆかりの寺院からも、財宝を集めさせた。反幕府軍があばれると、神道をふりかざし、仏教を排撃するらしい。こちらにあずけておいたほうが安全だと。

　また、将軍の慶喜にも申し出る。

「幕府の威信、徳川家の栄光、すべて将軍のお心ひとつにかかっております」

「わかっておる」

「いろいろと費用がかかります」

「金のことは、よくわからぬ」

　将軍は、おうようだった。

「できましたら、お手もと金の管理をおまかせ下さい。危機を乗り切ったあと、利子をつけて、さらにふやしてさしあげます」

「そんなものがあったのか。使っていいぞ。しかし、利子とはなんのことだ……」

　金銭の価値を、将軍は実感していない。小栗は、徳川家の私有財産運営の許可をとりつけた。清廉さと有能は、だれもが信用している。ほかに難局を処理できるものはいないのだった。

財宝のたぐいは、さきに作った貿易会社を通じ、外国へ高く売った。戦乱になれば、焼失してしまう。外国に保存されてあれば、世界のためにもいいといえる。

かくして、かなりの金銀が小栗の管理下に入ってきた。これぐらい役に立つものはない。なんでもすぐ購入できるのだ。すでに禄高制を廃止してある。金銀があれば、人員もすぐ動員できる。

ふと小栗は思いつき、外国から、手動式小型起重機と、金色の塗料とを買い入れた。

反幕府側は、ますますあせってきた。このままだと、新しい体制の一部に、自分たちが組み込まれてしまう。小栗に対抗できる、大きな視野と構想を持った人物は、ひとりもいない。わが藩と、目先のことしかわからない、はんぱものばかりなのだ。こうなってくると、利己心と感情だけ。理性のない行動になる。

十一月、坂本竜馬が暗殺された。反幕府側はいきり立つ。小栗には、この暗殺が反幕府側のだれかの陰謀に思えてならなかった。なにか犠牲が必要な時。頭のいい下級武士の出の存在は、やがて大物になるのではないかと不安をおぼえさせる。一石二鳥。よくある手だ。孝明天皇の死は毒殺だったとのうわさも流れている。

十二月に入ると、京の御所で、反幕府の藩主と公卿《くげ》のみによって会議が開かれ、王政復古の決定がなされた。

「慶喜を除外しての決定は不自然だ。幼少の天子をかついで、政権を私しようとする暴挙である」

との発言もあったが、それは無視された。理屈もなにもなしに、討幕がきまったのだ。しかし、多くの藩は動かなかった。情勢の変化をみまもっている。

薩摩藩の西郷隆盛はいらだち、幕府を挑発する計画にとりかかった。幕府側から戦いをしかけた形にしようとした。江戸の薩摩屋敷に、藩士と、金でやとった浪士を集め、江戸および近郊で、放火や強盗をはたらかせた。

「なんという卑劣な、はんぱもの野郎だ。治安と正義をまもるために、威信を示せ。全責任はわたしがおう」

小栗は処理に迷う老中たちを説得し、歩兵奉行の大鳥圭介《おおとりけいすけ》に命じ、洋式の隊を出動させた。この精鋭の前には、ごろつき浪士たち、ひとたまりもない。砲撃も正確。薩摩屋敷は炎上し、一味は殺されたり逮捕されたりした。

「一段落とはいうものの、西のほうのやつら、狂ってなにをやらかすかわからぬ。この江戸城の防備を強化すべきである。それによって、みなの士気もあがるにちがいない」

小栗は発言し、その全権をまかされた。砲をそなえつける場所をきめ、一方、砲撃された場合にそなえ、地下壕《ちかごう》を各所に掘らせた。

ある日、屋敷に帰った小栗は、用人の新兵衛に言った。

「上州には、大前田英五郎《えいごろう》とかいう男がいたな」

「はい。殿さまの領地の近くです。七十を越えていますが、あのへんでは、たいした顔役だそうで……」

「ちょっとした仕事をたのみたいのだが、口は固いだろうか」

「若いころは各地を流れ歩き、だいぶむちゃをやったようですが、いまは大親分。名前に傷のつくようなことはしないでしょう。しかし、あまりかかわりあいにならないほうが……」

「べつに弱味をにぎられるようなことではない。ある品物を、赤城《あかぎ》山中に埋めてくるだけのことだ。舟で利根川をさかのぼり、どこかで渡してくれ。英五郎とやらには、百両もやればいいだろうな」

「やりすぎるぐらいです。しかし、そんな手間をかけて、なにを埋めるのです」

「これだ……」

と小栗は、金色の四角なものを見せた。

「金ですか」

「とんでもない。外国にはこういう塗料があるのだ。それをレンガにぬった。ぬりたては金ぴかだが、ひと月もすると、色がはげてしまう。これをたくさん作って、箱につめるのだ。それを意味ありげに運んでくれ。新潟港で外国から品物を買うように見せかけ、景気がよさそうだと江戸の連中に思わせたいのだ。しかし、この計画は、だれにも話すなよ」

「あまりにばかばかしくて、話す気にもなれませんよ。わたしが三人ほど連れていって、みとどけてきます。大前田の親分、あとで気になって掘り出してみるかな。しかし、箱をあけてレンガと知ったら、みっともなくて他人に話す気にもならないでしょう。いんねんをつけてくることもない……」

新兵衛は笑いを押え、その仕事にとりかかった。


慶喜はずっと大坂城にいる。慶応四年の一月はじめ、江戸からの報告を聞き、薩摩を批難する文書を朝廷にさし出すべく、京へむかった。その途中、薩長軍の兵とのあいだで、戦いがはじまった。鳥羽伏見《とばふしみ》の戦いである。

攻撃されると思っていなかった慶喜の軍は敗退した。それを境に、慶喜は戦意をまったく失い、その夜のうちに船に乗り、逃げるように江戸へむかう。これでは、薩長軍を勢いづかせることになる。反幕府側は、東征軍なる名称をかかげ、江戸への進撃を開始した。

慶喜の動きが、どうもおかしい。小栗は江戸城を臨戦態勢に仕上げるよう命じた。そのどさくさのなかで、夜、城内の金銀をすべて、各所に掘ってある穴のひとつに運びこんだ。

かなりの重量だったが、外国製の小型起重機と手押し車で、なんとかひとりでやれた。黒い塗料をぬってやったので、気づかれることもなかった。穴を埋め、その上に松の小さな苗を植えた。

慶喜が江戸城へ入ると、主要なる役職の者が召集され、将軍の前での会議が開かれた。戦うべきだとの論が多かったが、慶喜はうなずかない。

「上さまは、大坂城で秀頼の亡霊にでもとりつかれたのではないか。あんなに急に弱気になるなど、ただごとではない」

そんなささやきも流れた。さわぐ者たちを制し、小栗は人生のすべてを賭《か》けて、将軍の説得をこころみた。

「戦わなければなりません。必ず勝ちます。この日にそなえて、優秀な銃砲隊を作りあげてきたのです。火薬庫には弾薬が大量にある。米も貯蔵してある。一方、敵の補給路はのびきっている。関東平野にひき入れ、箱根はじめ山々の関所をふさげば、まさしく袋のねずみです」

「…………」

慶喜は答えない。小栗は海軍奉行をも兼ねているが、海軍については、外国から帰ってその方面を受け持っている榎本武揚に作戦を話させた。

「軍艦は動く砲台です。東海道のいかなる場所をも砲撃できます。さらには、大坂近くを攻撃し、敵の背後をつくことも可能です。隊を上陸させることも……」

小栗も榎本も、外国のことをよく知っている。結局は交渉であり、妥協である。しかし、その条件を有利にする要因は力だ。いったん反撃し、それから話し合いに入るのがいい。しかし、そこまでは言わなかった。薩長への内通者がこの席にいるかもしれない。徹底抗戦を口にしなければならない。小栗はさらに言った。

「戦費のことでしたら、ご心配はいりません。準備はございます。それでも不足でしたら、フランスから借りる交渉も進んでおります。ある港の税関の権利を担保に入れる。横浜の土地を長期にわたって貸す代償に、金をもらう。いくらでも方法はあります」

だれかが疑問を口にした。

「そんなことをすると、イギリスが薩長軍を応援し、われわれが外国の手先となって戦い、国がほろびる」

「そんなことはない。国が荒廃したら、商売どころではなくなり、外国が困る。イギリスが薩長についているのは、むこうが優勢らしいと見ているからで、こちらが優位に立てば、たちまち幕府につく。情勢とは、そういうものなのだ。薩長軍を撃退してみれば、すぐわかることだし、その力もある」

「しかし、江戸の街が戦火に巻きこまれる」

「武士の口にすべきことではないぞ。江戸が焼けて、どうだというのだ。江戸の街の大部分は、各藩の江戸屋敷。参勤交代制の廃止で、みな国もとに引きあげ、大部分は無人だ。なるほど、町人は気の毒かもしれぬ。しかし、彼らはこれまで、何度となく大火にあい、それを乗り越えて立ちなおってきた。こんどの戦火で焼けたら、二度と焼けることのない、石造りの街に作りなおせばいい。道もひろげる」

「町人たちの生活はどうなる」

「外国から金を借りて、新しい産業をおこせばいい。税関や横浜を担保に入れることが心配なのかもしれないが、外国の手に渡すわけではない。金というものは、利子をつけて返済すれば、なにも問題は残らぬものなのだ。どういう産業をはじめるかの計画も、考えてある。返済は可能なのだ」

いかに小栗のが正論であっても、すでに将軍の慶喜は、まるで戦意を失っている。弱々しく立ちあがり、大奥へ入ってしまった。これでは戦いようがない。

その回答のような形で、翌日、小栗は勘定奉行と海軍奉行の職をやめさせられた。慶喜は恭順の意をあらわし、上野の寛永寺にひきこもった。

小栗の屋敷に、榎本武揚がやってきて、くやしげに言う。

「なぜ、こんなことになったのです」

「わたしにもわからん。だれかが言ってた、秀頼のたたりとしか思えない」

「勝安芳は、上さまの内意を受け、薩長軍の西郷と会見し、江戸をあけわたすつもりのようです」

「勝ならうまくやるだろうよ。使者としては、まことに適任だ。長州との交渉の時もうまくやった。もっとも、使者以上のことはできないやつだがな……」

「あまりにくやしいので、わたしは軍艦をひきいて、北にむかい、抗戦をこころみるつもりです。いっしょに参りませんか。小栗殿にまさる人物は、どこにもいない」

「その気もないことはないが、わたしはしばらく休むよ。これまで、あまりに働きすぎた。薩長のやつら、いずれは内紛をおこすだろう。将来への見とおしを持っているやつもいない。やがて、わたしの頭を借りに来るだろう。その時に思い知らせてやることにするよ」

「おたがい、それぞれの方法で、やつらをやっつけることにしましょう」

「すまないが、ぼろ船を二隻ぐらい連れていってくれないか。どこかの沖で沈めてしまってくれ。木の箱をつんでだ。出航の時にとどける。船もろとも沈めてくれ」

「なんです。重要書類かなにかですか」

「そんなふうにあつかってくれ。もっとも、じつはくだらぬものだがね」

小栗はそう言い、新兵衛に命じて、金ぴかのレンガを作らせた。木箱に入れてとどける。意味ありげで、板のすきまから、きらりと光る。

榎本は約束どおり、その箱をつんだ船を沈めてくれた。外国帰りの彼には、ひっかいただけで、それがなんだかすぐにわかった。

小栗は屋敷のなかでつぶやく。

「まったく、なんということだ。慶喜があんなはんぱものだったとは。なさけなくなった。最大のはんぱものだ。おかげでいままでの努力が水のあわだ……」

「うう……」

五助はうなずく。変ることのない、忠実そのものの表情だった。そのためか、小栗はふとしゃべる気になった。

「江戸城内に、どえらいものを埋めておいた。いずれ、おれが手腕をふるう時の用意にな。場所はだな……」

それを教えた。

「……上に小さな松の苗を植えておいた。おれに万一のことがあったら、おまえにやる。掘ってみろ」

「うう……」

「それにしても、はんぱものの多かったことよ。榎本のような、おれが外国へ行かせた連中はべつとして、あとはみんな、利益とか、権力とか、名誉とか、くだらぬことをめざして、ここ数年、うろちょろ動きまわりやがった。やつらが動きまわれたのも、おれが財政をささえていたからこそだ。やつらはみな、将棋の駒。おれは将棋盤のような存在だったなあ」

そこへ、たまたま入ってきた新兵衛が言う。

「さし手はだれだったのですか」

「反幕府というへぼの集りと、これまたへぼの譜代大名かな。おれは、慶喜を買いかぶりすぎていた。やる気があるのなら、やればいい。やる気がなかったのなら、おれに助言を求めればよかったのだ。大局が優勢なのに、駒を投げて負けを表明しやがった。こうなると、義のために死ぬ気にもなれぬ」

「これからどうなるのでしょう。天子さまが将軍になるわけですか」

「そんな形だろうな」

「そのかたも、はんぱものですか」

「さあ、まだ幼少だから、なんともいえぬな。しかし、まわりにはんぱものが多いから、ご自分であれこれ考え、判断をなさる。英明なかたに成長なされるかもしれない。幕府に、おれのような先の見える者がいなかったら、慶喜をはじめ大名たち、かえって危機感を持ち、もっとみな熱心になっていたかもしれない。おれがなにもかも、だまってすべて処理してきたので、みなが事態を甘く見るようになったのだろう。だれかが、なんとかしてくれるだろうと。いまさら、もっとまずくやっておけばよかったと、反省してもおそいがね」

「これから、殿さまはどうなさいます」

「上州の領地に帰って、しばらく休む。いままでつくしてくれた五助のことだけが、気がかりだ。金を残してゆくから、面倒をみてやってくれ」

「はい」

小栗は家族を連れ、江戸唯一の洋館である屋敷を去った。途中、大前田英五郎があいさつに来た。妙な表情をうかべていた。赤城山中に埋めたもののなかを見たらしかった。しかし、話題にもできず、それについてはだまったままだった。

薩長軍は江戸城に入る。ご金蔵をあけると、なかはからっぽ。勝安芳を問いつめる。

「勘定奉行だった小栗上野介の担当です」

と責任のがれの回答。小栗をさがして聞き出そうとしたが、その時、すでに東征軍の兵が、上州で小栗をとらえ、主戦論者の筆頭だったと、首をはねてしまった。四十二歳。あらゆる意味で、大変な情報を秘めた首であった。

元号《げんごう》は明治と改元され、江戸は東京と改称された。天皇の東京行幸がおこなわれる。翌二年、皇后も東京へ移り、なんとなく、江戸城が天皇の住居ときまってしまった。文明開化の時代となる。

ううの五助は、新兵衛のせわで、なんとか食っていた。しかし、やがて新兵衛が死んだ。五助は小栗の話を思い出し、どえらいものとやらを掘り出してみたくなった。小栗の殿さまも死んでしまった。食うに困るのだ。金になるものが出てくるといいが。

しかし、教えられた場所へ行こうとすると、はげしい声で制止された。

「おい、こら。入ってはいかん。ここをどこだと思っている。天皇のおすまいだぞ」

「うう……」

事情を話そうにも、これだけしか声が出ない。ばかにされたと思ったのか、その番兵は五助を突きとばそうとした。五助は身をかわした。武術が身にそなわっているのだ。刀がなくても、こんな相手なら投げとばせる。しかし、番兵たちは銃を持っていた。それをむけて引金をひいた。

「うう……」

重傷をおいながらも、五助は少し歩き、そして倒れ、息を引きとった。小栗をひきたててくれた井伊大老の暗殺された場所と、わずかしかはなれていなかった。

解説

星新一という作家の印象として一般の読者層が抱いている概念は、日本の誇るべきSF作家であり、前人未踏のショート・ショート形式の文学の開拓者であり、その第一人者であるということだろう。確かにそのとおりの優れた業績を星新一作品は持っているし、SFという文学形式を一般中間誌の読者層にも親しめる分野の小説として登場させた実績には、まことに大なるものがある。

もともとSFという小説形式が近代的なものであり、常に時代の先端をゆく新しい文学だという既成概念があり、数多くの星新一作品のSFショート・ショートを鳥瞰《ちょうかん》してみても、その現代的なユニークさを持ち味〈あるいは特徴〉としていることは、衆目の認めるところである。したがって、星作品で描かれるモチーフは、現在や未来の事象に関わる諸々《もろもろ》であるだろうという認識がある以上、およそ時代小説〈あるいは歴史小説〉という分野に属する作品が、星作品として出現してこようとは、とても考え及ばなかったことも事実である。単に〝過去〟を描くというだけならば、SFでも、タイム・マシンを使って昔の時代に入ってゆくという手法もあるわけだが、そういう種類の時代物〈歴史物〉ではなくして、ここで言うのは、純粋の時代小説のことである。
昭和四十六年に初出発表の『殿さまの日』を筆頭にして、前述のようにそれまでは読者が考えも及ばなかった星作品の時代小説が続々と登場してきたことには、一驚させられもしたし、しかもそれらの時代小説が、従来の時代小説専門作家が見落としていた重要なテーマ〈小説として〉が、星作品のユニークな時代小説の中で、みごとに採りあげられ、描かれていることに、又々、深い感銘を与えられたのである。

星新一作品における新分野開拓である時代小説が出現した昭和四十六年（一九七一）頃は、ちょうど笹沢左保作品「木枯し紋次郎」シリーズに代表される〝股旅《またたび》小説〟の復活で、推理小説作家連による新時代小説も高い世評をよんでいた頃に当たることなども、ひじょうに興味深いものがある〈戦後の大衆文学史的視点から見て〉のである。

本書には、五編の時代小説が収められているが、中でも秀作となっているのが、表題作の「城のなかの人」である。この作品は、純然たる歴史小説であり、豊臣家滅亡にいたるまでの経緯がテーマとして採られている。主人公は、悲劇の貴公子豊臣秀頼である。戦国期を描く歴史小説として、この時代や、多彩な登場人物などは、既に何度も小説にも描かれ、又、日本の歴史としても、広く一般におなじみのところであるから、そういう人口に膾炙《かいしゃ》しているテーマを、ふたたび題材として採りあげ、一編の新作歴史小説として成立させるためには、容易ならぬ難しさがあると言わねばならない。つまり、一般によく知られている物語〈あるいは歴史的事実〉であるから、平凡なる手法で小説化しても、そこには取立てての興味を喚起《かんき》することはできないということである。では、如何なる手法が採られたならば、題材としては新しさはなくとも、小説作品としては、ひじょうにユニークな作品になっているかという実証を、私たちは本編「城のなかの人」に見出《みいだ》すことができるのである。この作品でまず最初に注目される趣向〈小説作法上の〉として、各章に付けられている〝見出し〟の面白さがあげられる。

第一章の「太閤」を初めとして、「秀次・城・淀君・三成・千姫・北の政所・家康・重成・側室・清正・了以・且元・治長・有楽・幸村」と続いてゆき、最終章を「秀頼」で結ぶ十七章を以《もっ》て構成されているストーリー展開の妙があることが、いかに本編を興趣に満ちた新しい歴史小説になしているかには、図り知れないものがある。というのはこの見出しに使われている史上の諸人物が、いずれも主人公である豊臣秀頼に関係の深い人物連であって、秀頼を中心にして展開してゆく大坂城物語にはどうしても欠かせない人々だからである。

文禄《ぶんろく》二年（一五九三）八月の秀頼誕生から、元和《げんな》元年（一六一五）五月の大坂城落城、秀頼（二十三歳）、淀君（四十九歳）の自刃によって豊臣氏滅亡までの歴史を本編によって、全く新しい興味を以て読むことができるということも、史上人物の人間像にスポットを当てた各挿話《そうわ》をつみ重ねていくという手法が成功していることに由《よ》る〈星作品におけるこの小説作法は、のちに秀作『祖父・小金井良精の記』《昭49》にも生かされているので、本編はその前駆的作品と見てもよいだろう〉。

太閤《たいこう》秀吉という大英雄の一人息子として生まれなかったならば、普通の人間らしい人間として本当の楽しい人生を送れたであろう青年の懐疑、悲しみというものを秀頼という戦国期の青年に代表させて描いたところに本編のモチーフがあるわけだが、そのことは、周囲の人々が秀頼を眺める眼によって、鮮明に表出されている。

『あの時、三成がしゃべりつづけながらわたしにむけていた目つき。それを思い出した。そうだ。あれは肉体を持った人間への視線でなく、旗印を見るそれだった。／もつれた糸がほどけかけてきた。秀頼は太閤のことを回想した。そういえば、あの目つきにもそれと共通したものがあった。自己の築きあげたもののすべて。それを後世に存続させるための旗印。その思いでわたしを見ていたのだろう。わが子に対する愛情の視線だけでなく……。』〈第五章「三成」より〉

と描かれているところにもうかがえるように、秀頼を豊臣方の「旗印」として設定したところに、本編の何よりの面白さもあるし、作者の歴史解釈の鋭さが見出せるようである。「城のなかの人」がユニークな歴史小説として成功しているとすると、「はんぱもの維新」〈昭48〉も、同様の意味で興味深い歴史小説になっている。本書の構成が、最初の「城のなかの人」が戦国期を背景とする歴史小説であり、結びの「はんぱもの維新」が幕末動乱期を時代背景とする歴史小説になっているというところにも、尽きぬ興味を抱かされるのである〈短編集におけるこのような作品配列にも、歴史小説というものに対する作者の意図が推測されて面白い〉。

「はんぱもの維新」は、最後の徳川政権の中での傑物であった小栗上野介忠順《こうづけのすけただまさ》を主人公に描いた作品であるが、これも小栗上野介という人物像にしっかりした焦点が当てられていることで、新しさが生まれている幕末歴史小説の佳編である。人材不足であった幕末の徳川幕府で、外国奉行を初めとして重要なポストを転々とさせられ、そのたびにその英才ぶりを遺憾《いかん》なく発揮した小栗上野介という人物の面白さが巧みに描かれている。ここでも只《ただ》、小栗上野介に関わる事象を羅列《られつ》するだけでは並みの小説に了《おわ》ってしまい、何の興味も湧かないので、小栗の身辺を護衛する五助という剣客を創作し、つねに小栗の陰の人物として五助を描いていることも、作品をいっそう面白くしている〈とくに印象的な例として、江戸城内に埋められた財宝を小栗の遺命によって発掘しようとして官軍に射殺される五助の姿で結ばれるラスト〉ように思われる。

序《つい》でにふれておくと、上野介の官名の付いた史上人物は、たとえば、吉良《きら》上野介にしても、小栗上野介にしても、どうも幸運には恵まれず、その人物評価には秀《すぐ》れたものはあっても、不幸な末路に了っていることも歴史の面白さというものだろうか。故子母沢寛《しもざわかん》氏も小栗上野介の傑物ぶりは大いに認めておられたことも懐しく回想される。小栗上野介がわが国初の洋館の屋敷を駿河台に建てたことも本編で描かれているが、この記念すべき屋敷跡は、国電お茶の水駅から駿河台下に向かって坂を下りてゆくと左側にあり、現在の主婦の友社の社屋があるところである。小栗上野介屋敷跡の碑がのこっている。

以上二編の歴史小説に対し、「春風のあげく」〈昭47〉、「正雪と弟子」〈昭47〉、「すずしい夏」〈昭47〉の三編は、フィクションとしての時代小説と見られる作品であり、作者が自由奔放《ほんぽう》に書くことのできた時代物としての楽しさが読者のほうにも伝わってくる観のある面白さがある。就中《なかんずく》、「春風のあげく」で描かれている作品テーマの重々しさ〈というと作品そのものが渋滞したもので読みにくいと誤解されやすいが、そうではなくして、描かれているテーマの重大さと言ったらよかろうか〉には、ここに確かに人間〈昔も今もなんら変わりのない〉というものが極めて印象深く描かれていると痛感させられる。したがって、本編から受ける感触としては、山本周五郎作品から受けるそれにひじょうに似通ったものを、読者は読後感として受けとるであろう。北国のある藩〈どこの藩と明確に断定せず、架空の藩内の物語として設定するところにも、周五郎作品と軌を一にする手法がうかがえる〉で城代家老になった主人公の忠之進が、わが子である若殿のためにいろいろと画策するが、それが巧《うま》く運ばなくなるという封建期の侍の人間的苦悩が、鮮やかに把《と》らえられている。そういう深味のある時代小説に仕上っているところに本編のユニークさもあるし、所謂《いわゆる》、テーマの重大さを感得させられるのである。

「正雪と弟子」では、由比正雪の反乱事件に紀伊国屋文左衛門を登場させている趣向の面白さで読ませるし、「すずしい夏」では、星作品のショート・ショートにも通じる皮肉な味〈どんでん返しによるおかしさ〉を見せる時代小説として興趣に富むものがある。という具合に、一応は時代小説集となっている本書は、星新一という作家の可能性、その作品の幅の広さというものを、改めて私たちに示している点には、とくに注目される一冊なのである。

武蔵野次郎

城《しろ》のなかの人《ひと》

星《ほし》 新一《しんいち》

昭和52年 5月30日 初版発行
平成20年 11月25日 改版初版発行
令和7年 1月20日 改版13版発行

発行者●山下直久

発行●株式会社KADOKAWA
〒102-8177 東京都千代田区富士見2-13-3
電話 0570-002-301（ナビダイヤル）

角川文庫 15427

印刷所●株式会社KADOKAWA
製本所●株式会社KADOKAWA

表紙画●和田三造

ISBN978-4-04-130326-9 C0193

角川文庫発刊に際して

角　川　源　義

第二次世界大戦の敗北は、軍事力の敗北であった以上に、私たちの若い文化力の敗退であった。私たちの文化が戦争に対して如何に無力であり、単なるあだ花に過ぎなかったかを、私たちは身を以て体験し痛感した。西洋近代文化の摂取にとって、明治以後八十年の歳月は決して短かすぎたとは言えない。にもかかわらず、近代文化の伝統を確立し、自由な批判と柔軟な良識に富む文化層として自らを形成することに私たちは失敗して来た。そしてこれは、各層への文化の普及滲透を任務とする出版人の責任でもあった。

一九四五年以来、私たちは再び振出しに戻り、第一歩から踏み出すことを余儀なくされた。これは大きな不幸ではあるが、反面、これまでの混沌・未熟・歪曲の中にあった我が国の文化に秩序と確たる基礎を齎らすためには絶好の機会でもある。角川書店は、このような祖国の文化的危機にあたり、微力をも顧みず再建の礎石たるべき抱負と決意とをもって出発したが、ここに創立以来の念願を果すべく角川文庫を発刊する。これまで刊行されたあらゆる全集叢書文庫類の長所と短所とを検討し、古今東西の不朽の典籍を、良心的編集のもとに、廉価に、そして書架にふさわしい美本として、多くのひとびとに提供しようとする。しかし私たちは徒らに百科全書的な知識のジレッタントを作ることを目的とせず、あくまで祖国の文化に秩序と再建への道を示し、この文庫を角川書店の栄ある事業として、今後永久に継続発展せしめ、学芸と教養との殿堂として大成せんことを期したい。多くの読書子の愛情ある忠言と支持とによって、この希望と抱負とを完遂せしめられんことを願う。

一九四九年五月三日

角川文庫ベストセラー

きまぐれ星のメモ　星新一

日本にショート・ショートを定着させた星新一が、10年間に書き綴った100編余りのエッセイを収録。創作過程のこと、子供の頃の思い出――。簡潔な文章でひねりの効いた内容が語られる名エッセイ集。

きまぐれロボット　星新一

お金持ちのエヌ氏は、博士が自慢するロボットを買い入れた。オールマイティだが、時々あばれたり逃げたりする。ひどいロボットを買わされたと怒ったエヌ氏は、博士に文句を言ったが……。

ちぐはぐな部品　星新一

脳を残して全て人工の身体となったムント氏。ある日、外に出ると、そこは動くものが何ひとつない世界だった（「凍った時間」）。SFからミステリ、時代物まで、バラエティ豊かなショートショート集。

きまぐれ博物誌　星新一

新鮮なアイディアを得るには？　プロットの技術を身に付けるコツとは――。「SFの短編の書き方」を始め、ショート・ショートの神様・星新一の発想法が垣間見える名エッセイ集が待望の復刊。

宇宙の声　星新一

あこがれの宇宙基地に連れてこられたミノルとハルコ。〝電波幽霊〟の正体をつきとめるため、キダ隊員とロボットのプーボと訪れるのは不思議な惑星の数々。広い宇宙の大冒険。傑作SFジュブナイル作品！

角川文庫ベストセラー

注文の多い料理店　宮沢賢治

二人の紳士が訪れた山奥の料理店「山猫軒」。扉を開けると、「当軒は注文の多い料理店です」の注意書きが。岩手県花巻の畑や森、その神秘のなかで育まれた九つの物語からなる童話集を、当時の挿絵付きで。

セロ弾きのゴーシュ　宮沢賢治

楽団のお荷物のセロ弾き、ゴーシュ。彼のもとに夜ごと動物たちが訪れ、楽器を弾くように促す。鼠たちはゴーシュのセロで病気が治るという。表題作の他、「オッベルと象」「グスコーブドリの伝記」等11作収録。

銀河鉄道の夜　宮沢賢治

漁に出たまま不在がちの父と病がちな母を持つジョバンニは、暮らしを支えるため、学校が終わると働きに出ていた。そんな彼にカムパネルラだけが優しかった。ある夜二人は、銀河鉄道に乗り幻想の旅に出た——。

風の又三郎　宮沢賢治

谷川の岸にある小学校に転校してきたひとりの少年。その周りにはいつも不思議な風が巻き起こっていた——落ち着かない気持ちに襲われながら、少年にひかれてゆく子供たち。表題作他九編を収録。

蛙のゴム靴　宮沢賢治

宮沢賢治の、ちいさくてうつくしい世界が、新装版でよみがえる。森の生きものたちをみつめ、生きとし生けるすべてのいのちをたたえた、心あたたまる短編集。